ARIADNE

L'Intrigue du Caméléon de la rue Royale

LAROUSSE

Direction de la publication : Carine Girac-Marinier
Édition : Antoine Caron
Conception graphique et couverture : Frédéric Manlay
Informatique éditoriale : Philippe Cazabet
Fabrication : Carole Rousseau

ISBN : 978-2-03-607371-5

AVANT-PROPOS

Cher lecteur,

Mon pseudonyme vous apprend trois choses sur mon compte : je suis une femme ; j'aime beaucoup les labyrinthes, et surtout y faire entrer les autres ; et je suis écrivaine. Si vous ne voyez pas le rapport entre ce dernier point et *Ariadne,* vous saurez que mon nom se complète quand on y ajoute *Oliver*... et vous chercherez un peu. (Ce ne sera qu'un début.)

Les pages de ce livre sont, hélas, dans le désordre. (C'est un des points communs que j'ai avec avec mon homonyme : je suis très étourdie.) C'est pourquoi mes personnages ont besoin d'un lecteur : afin que leur histoire reprenne un sens, avec un début, un milieu et une fin.

Toute ressemblance avec l'œuvre d'un inquisiteur espagnol originaire d'Albion, parue l'année de naissance de Youri Gagarine, est évidemment fortuite. (Cherchez encore.)

Vous pouvez me soupçonner de mentir, mais ce serait impoli de votre part.

Mon récit concerne plusieurs détectives privés. Leurs histoires sont reliées les unes aux autres. L'action s'étend sur cinq mois, dans une année relativement récente. Cependant, retrouver l'ordre de succession des pages et le nom de mes détectives n'est qu'une première étape. En effet, chacun d'eux est chargé d'une affaire distincte. Les possibilités sont larges : filer quelqu'un, faire le guet, tester la sécurité d'un endroit, enquêter sur un délit ou un crime, retrouver quelque chose de perdu… Et, bien entendu, il vous faudra découvrir le résultat de l'enquête qui leur aura été soumise.

Ainsi, une fois que vous aurez recomposé le livre correctement… cherchez encore : il y a des solutions cachées dans le paysage. Pour vous aider, j'ai laissé une règle du jeu à votre disposition.

Avis aux âmes sensibles : quelques énigmes sont particulièrement retorses.

Une dernière chose avant que vous ne passiez à l'action. Au moment où j'ai mis l'ouvrage sous presse, je me suis aperçu que j'avais malencontreusement égaré, au milieu de toutes ces pages, une **cent-treizième page** qui n'avait absolument rien à voir avec les cent-douze autres. Par malheur, j'ignore quel est son numéro.

(Belle étourderie, hein ?)

Bonne chance !

Ariadne

Les lois de l'enquête

Le livre que vous tenez entre les mains est malheureusement dans le désordre : c'est à vous de le reconstruire… et de résoudre les nombreuses énigmes qu'il contient.

• Il n'existe qu'un seul ordre correct pour toutes ces pages : l'ordre chronologique, et il est rigoureux. Les indices ne vous manqueront pas pour découvrir que telle page suit ou précède telle autre page. À vous de les chercher !

Quant à la page en trop, elle n'entre tout simplement pas dans la suite logique formée par toutes les autres.

• L'ouvrage comprend plusieurs histoires. Chacune est pourvue d'un narrateur distinct, avec son style propre, et surtout doté comme il se doit d'un nom et d'un prénom, qu'il vous faut retrouver. Vous devez également retrouver l'objet de l'enquête de nos limiers, le jour et l'endroit où tout se passe, la réponse pouvant être plurielle, et finalement le résultat de leur mission – ou, plus précisément, ce qu'ils auraient dû découvrir (et, dans *un* cas, ce n'est pas la même chose).

• Puisque ces histoires sont néanmoins reliées les unes aux autres, pensez à noter les informations que vous découvrez sur les personnages : certaines peuvent être utiles pour comprendre ce qui se passe dans plusieurs récits.

• Peu d'informations vous sont données directement (ou ce serait trop facile !). Il est fort probable que vous ressortiez d'une première lecture de ce livre en vous disant : « Je n'ai strictement rien compris. » C'est normal !

• Ne vous désolez pas devant une allusion qui ne vous évoque rien ou une référence que vous ne connaissez pas : Internet peut vous aider. Seulement, il faudra sans doute réfléchir avant de lui poser une question. Les guillemets peuvent vous aider à faire comprendre au Web qu'il s'agit d'une citation… et n'hésitez pas non plus à solliciter l'oracle de plusieurs moteurs de recherche !

• Les références de prédilection de nos héros sont là pour vous aider. Ainsi, si une phrase ou une expression vous résiste, il s'agit peut-être d'une citation tirée d'un poème, d'un récit, d'une chanson… Faites une recherche en vous appuyant sur les noms d'artistes ou d'œuvres que vous aurez associés au narrateur ou à la narratrice. Vous obtiendrez sans doute un résultat !

• Si vous avez identifié une référence (quelle qu'elle soit), il n'est pas toujours inutile de la parcourir : peut-être éclaire-t-elle les circonstances de la page qui vous a permis d'arriver jusqu'à elle.

• Méfiez-vous des jeux de mots. Certains de mes limiers les aiment beaucoup (et devraient songer à se faire verbicrucistes). Par exemple, si quelqu'un devait vous dire « c'est le monstre enfanté par une femme deux fois huppée », ne partez pas trop vite, ou pas uniquement, sur les traces d'une « femme à la position brillante ». À la place, demandez-vous si « huppée » n'est pas à prendre dans un autre sens… et réfléchissez encore un peu.

Vous aurez peut-être compris que la « femme huppée » vit en Crète. (Comme… « crête ».) La mythologie sera alors votre amie : Pasiphaé, *reine* de *Crète*, a donné naissance au célèbre Minotaure, l'occupant du labyrinthe de Dédale.

• Vous pourriez quelquefois avoir besoin de consulter un plan, afin de reconstruire une trajectoire. Et, là encore, Internet sera d'un grand secours.

• Vous bloquez devant une énigme ? Ça ne fait rien.

N'hésitez pas à y revenir plus tard : entre-temps, vous aurez possiblement trouvé la clé (référence manquante, jeu de mots similaire, précision sur les circonstances...).

• Les pages de cet ouvrage ne sont imprimées qu'au recto ; cela vous permet de les découper et de les déplacer à votre guise.

• Attention : il y a des pièges.

Bons labyrinthes !

L'Intrigue du Caméléon de la rue Royale

1

Ce que le vieux lion avait évoqué dans le Callaway avait clairement été maltraité, et ce qui servait, par-derrière, de faible rempart, indignement forcé. Des morceaux de toutes sortes jonchaient le sol ; on les avait ôtés depuis, mais je n'ignorais pas leur existence parce que je disposais de ressources dans cette ville où j'avais, après tout, fait mes études (le choix en France était réduit). Cela ne me dispensait pas de voir les choses par moi-même ; et puis, Cassandre n'aurait pas pardonné que je fasse montre de négligence. Le local était de dimensions assez modestes ; on ne s'y était guère attardé, semblait-il : seulement le temps de mettre la main sur quelques-uns de ces objets qu'Hernani accusait à tort de déloyauté – et ici, ce crime aurait sans doute été préférable. On s'était surtout hâté de passer à ce qui était au nombre de dix-sept chez Doyle, et de trente-neuf chez son confrère Buchan. Ceux que tout ou presque éloignait de Philémon et Baucis avaient pris le parti de ne pas paraître devant ceux qui étaient, eux, de peu scrupuleux émules de Gilles et Dominique – à l'exception du double fait qu'ils étaient trois, et que le bruit qu'ils avaient émis était bien moins harmonieux.

2

L'attention chemina de reflet en reflet, de transparence en transparence. Nous nous intéressions à ce qui y était montré : pour moitié, à ce qui y était contenu ; pour moitié, à ce qui était à l'extérieur. J'étais sensible, je l'avoue, au charme de son allure et de son élégance. Nous allions déjà depuis un certain temps, quand Denon (elle n'avait jamais pris le nom de son mari) proposa de se rendre à la cafétéria. Pour ma part, je préférai prendre de la hauteur, ainsi que des couleurs, pour la deuxième fois de la journée. L'ange gardien – ou plutôt l'ange déchu – hantait toujours visiblement les parages. De son côté, rien ne m'avait suggéré la moindre intelligence. En ce qui la concernait, elle profitait d'un week-end avec une amie, et seulement une amie, je le jure. Je me sentais pleinement à l'aise, et appréciai de n'être le point de mire d'aucune attention gênante. C'était la bonne station ; je m'en aperçus au moment où elle voulut montrer des photos, tandis que je me tenais appuyée contre la barre : la combinaison tant espérée m'apparut.

3

Ma cliente me transmit tout ce dont j'aurais besoin, notamment de ces objets qui rougissent, lorsqu'ils sont fées : je savais où m'en servir. Elle m'exposa aussi les circonstances précises (pour autant qu'on sache) de ce qui s'était passé. Je dus, naturellement, poser les questions d'usage. Non, il n'y avait personne dans sa vie. Avait-elle d'autres informations à me donner ? De nouveau il y eut une pause, et je l'incitai à s'ouvrir à moi. J'étais cependant loin de m'attendre à ce qu'elle m'expliqua alors. Jamais il n'avait été question de rendre la chose publique : les initiés étaient en petit nombre. Comme je songeais, avec une peine bien réelle, aux souffrances qui avaient peut-être été endurées à mon insu, elle s'empressa de me dire que sa sœur avait toujours été heureuse de vivre et de cueillir le jour qui s'offrait à elle. Oui, en effet, concédai-je avec un sourire sans doute nostalgique : cela lui ressemblait tout à fait. Je finis, pendant qu'elle parlait, par faire apparaître des chiffres dont on m'invitait à me servir dès que je l'estimerais nécessaire, ainsi, entre autres, qu'un escargot remontant à la Renaissance. Non, pas de coquille.

4

Aimer tourné à la façon du prieur de Saint-Cosme m'était sympathique. J'étais très rapide dans mes jugements, et en général, je m'y tenais. Et puis, elle était aussi polie que Stanislas Xavier et que ses frères, alors qu'elle ne faisait même pas partie de la famille. Mon client, lui, tenait plutôt de Portemaison l'Infante, ce qui m'insupportait. J'allais me conformer à ce que j'avais prévu, mais je devrais m'attendre à être dérangée. Or, je croyais dur comme fer à l'adage de l'abbé du Frioul sur la question (et un homme dans sa situation s'y connaît en matière de clef). Le vieillard était de sortie, à l'heure où j'avais fait mon entrée. Les informations que je recueillis furent littéralement en petit nombre. Elle travaillait pour lui depuis plus d'un an. Il avait un problème d'articulations qui en faisait un digne oncle de Marguerite-Thérèse. Très strict ; très râleur ; mais au fond très aimable. Une indication pour m'aider dans mes recherches ? Trois semaines plus tôt, en ouvrant la porte, elle l'avait surpris en train de pianoter. C'était la fameuse suite, elle en était sûre ; mais elle n'en avait – mal – perçu que le dernier élément : assez, cependant, pour pouvoir m'assurer que ce n'était pas celle d'Iccanobif.

5

Je fis un plantureux repas dans un bar dont le nom, celui d'un bonbon familier, étalait de fières majuscules, sauf pour le pénultième. Là, je surpris une conversation ; celui qui, malgré son rôle, n'était pas un saint (je l'avais vu s'emporter injustement contre un serveur) allait faire comme un rongeur lafontainien (prochaine destination : Maasdam ?), grâce à une générosité avunculaire essentiellement posthume. On le félicitait de ses rapports avec un palmipède écossais dont le prénom original devait beaucoup à un conte de Noël. À ce propos ! j'en ai une bonne à raconter. Mais vint pour moi l'heure de partir. Je m'enfonçai dans le centre historique, suivant sans le vouloir un mauvais garçon qui s'en allait mains dans les poches. Mais quelle chance avais-je d'y rencontrer le faux amour ? Quand je fus rendu à destination, je constatai que la marchandise était conforme à mes attentes ; seulement, la cession n'était plus consentie que jusqu'à ce que les deux époux aient subi le même sort. On se doute de la réponse. Je n'avais plus qu'à abandonner ce village dont le nom seul évoquait la pudique production, avec un macaron, qui l'avait rendu célèbre.

6

Mes seuls compagnons, sur le mur en face, me jetaient un regard déchirant. L'un d'entre eux faisait une tache blanche à grandes oreilles. Le message était clair : donnez-nous une seconde vie. Le second, à côté, avait peut-être subi le premier (pât…in subsistait seul). J'en avais assez d'entendre parler de perspectives de carrière inexistantes. Les humains disent vrai, sauf lorsqu'ils sont fous. Les vampires mentent, sauf lorsqu'ils sont fous. Y a-t-il une déclaration qui ne puisse être faite que par un vampire fou ? Il y eut une distraction, lorsque de jeunes gens passèrent devant l'ouverture. Eux aussi étaient venus pour celle qui jadis connaissait mille devises qui ne se contrariaient pas. Ils finirent par s'en aller. Dire que, trois mois plus tôt, j'avais travaillé pour un lieu où se pratiquent les jeux de l'argent et du hasard. Là, alors que la formule consacrée en cas d'absence chez les croupiers était de rigueur en ce qui me concernait, ce qu'on m'avait remis, et qui n'était absolument pas à jouer, avait tout déclenché sauf l'alerte attendue : c'était justement pour vérifier ce genre de choses qu'on avait fait appel à moi. J'avais trouvé cela fastidieux alors ; mais combien cela me manquait à présent !

7

Étrangement, ce n'est que là que je dus réprimer la tentation un peu puérile d'écarter le store. Si je l'avais fait, dix-neuf ans auraient pu contempler ma cinquantaine. En me tournant, je songeai que je n'aurais pas laissé ces armes entre les mains d'un enfant. C'est sans doute ce que Marie aurait nommé en riant ma mentalité petite-bourgeoise. D'ailleurs, le bourgeois, lui, ne semblait pas s'en offusquer. Jeanne ne m'avait jamais paru d'aussi mauvais goût. Mon attention fut bientôt attirée par un type dont l'allure indiquait qu'il était animé d'une intention très précise. J'étais derrière lui quand il parvint devant celle que, selon toute évidence, il était venu retrouver : une jeune femme d'allure un peu délurée, une épaule découverte (mais puisqu'il paraît que je suis vieux jeu) ; très facile de voir ce qu'*elle* avait en tête. Je n'eus aucun mal à poser un nom sur elle, celui de la femme la plus belle du monde. Son attitude était due à un homonyme de l'antagoniste de Goliath. En me retournant, j'aperçus encore un sacré lascar, et pas vraiment manchot, celui-là. Je commençais à avoir le sentiment que je ferais mieux de ne pas m'éterniser.

8

On m'entraîna près d'une fenêtre. La vision qui s'offrit à moi avait manifestement été conçue à la gloire du merveilleux Charles D., mais revu et corrigé par le créateur d'un célèbre rongeur. Il s'agissait d'un lointain avatar de la création du père de celui qui prêta son identité à un résistant, le nom de ce dernier combinant un déplacement savant de la tour et du roi et cet objet infâme sur un lit semé de cailloux, traduit par l'auteur traduit par l'auteur. Le « si » dans cette langue avait sans doute été employé. À l'entrée, on apercevait, dans deux ensembles en forme de cœur, à gauche, Victoria et ses semblables, à droite, Pénélope et les siennes. Au-delà, c'était un ciel bleu et pur, sous un soleil radieux. Le résultat, lisse et net, avait de quoi forcer le respect, surtout quand on connaissait le nombre d'éléments requis (un millier). Ce qui servait à l'art de l'amant d'une prénommée comme la sœur de la sœur d'Apollon Fenouillard (chez un champion de la liberté) se montrait au premier plan : celui qu'on se prend familièrement ; une etêt ; et celle qu'on roule familièrement – sauf que, en lieu et place de la tête, c'était le néant.

9

Et je ne savais pas ce que c'était. Mais une fois que je l'avais écartée, une scène fascinante m'attendait. Une collègue examinait – déjà ! – les lieux, riches de détails intrigants et suggestifs. Elle déplorait, selon ses termes, « l'esprit retors » du criminel. Il y avait eu à la fois enlèvement et cambriolage, mais, pour des raisons qui seraient bientôt dévoilées, on ne souhaitait pas faire appel à la police. Pire : le coupable « avait eu l'audace de signer son forfait », sous un faux nom, bien sûr. Je m'étais mis à sourire. Oh ! là là ! J'avais tout saisi : je dois dire que lui, en général, je le comprenais. Et j'avais en quelque sorte découvert son identité secrète. Je me sentais très excité, et aussi très fier. Et dire que ce n'était que le début ! Peut-être qu'il accepterait mes conseils ? Le travail ne semblait pas encore achevé. En tout cas, la coïncidence était vraiment trop belle. Je restai là, ravi, jusqu'à l'heure de ce que je regardai comme la récompense pour avoir mené ma mission à bien.

10

Si celui qui avait su faire rendre gorge à son père n'avait pas été édenté, et qu'on n'avait pas eu besoin de forcer le passage entre ses mâchoires, c'est qu'on savait quoi lui dire pour le rendre complaisant. Ce fut alors une suite de questions qui les irritèrent, parce qu'on les leur avait déjà posées. La suite magique ne correspondait ni à une arrivée ni à un départ : en fait, l'ensemble avait été le fruit du hasard, et avait été trouvé en même temps qu'ils avaient reçu leur nouveau pensionnaire. Ils ne l'avaient confié à personne ; pas même à ce qui reste. Deux larges yeux de verre recevaient la masse palpitante qui fascinait tant le pâtre virgilien (réécrit par un de mes vénérés en 1943). Pourquoi ne les voiler d'aucune paupière ? C'est que le mari jugeait cela plutôt funèbre. Des scrupules en deuil… qui devraient bien plutôt devenir le deuil des scrupules. D'autant que ce qu'ils contemplaient m'intéressait grandement : le visage du Consul ; des cristaux privés, de ceux qu'insultait la Bêtise chez celui que hantait l'Azur ; et le verre – tous les verres – du Cadran. Je pris bientôt congé.

11

J'allai rejoindre les neveux : la sonnerie du réveil, et celui qu'on associait à Côme. Quelle chance y avait-il pour que l'objet de ma quête fût autour d'eux ? Proche de zéro, sûrement. Je ne m'en acquittai pas moins de ma tâche, d'autant que j'eus le plaisir de les chasser momentanément. Puis tous les trois – dont l'une des trois à porter le même prénom, évidemment – guettèrent ce que j'allais dire ensuite. J'aurais probablement manqué d'inspiration si je n'avais pas su le point commun entre le père de Dolores Haze, celui qu'on avait exhibé dans un cadre, un mystique né presque le même jour que le divin enfant, et celui qu'on avait placé sous le fils naturel du fils naturel de son homonyme fils d'un autre homonyme. Ce qui n'était pas la nationalité que mon grand-père avait reçue à la naissance, et que quelques-uns d'entre eux avaient gardée. Quant à ce que j'avais reçu de lui, à défaut d'autre chose, on aurait pu le trouver facilement du côté des auteurs du *Village blanc en Balkhyrie* et de *Black Night* – à moins que ce ne fût l'inverse ? Pour une fois, ma mémoire n'était plus aussi sûre.

12

Pendant les souvenirs de la Piazza del Campo, la longue queue était finalement passée. De quoi penser à celui de « Jamais plus ! » : c'était là une forme d'art que j'aimais passionnément ; et l'initiation en avait été précoce, puisque, quand j'étais enfant, j'avais donné à quelqu'un (qui avait un point commun avec le détenteur du titre le plus bas parmi les titres de Calvino) le prénom de l'amante de la nuit – et je crois que cela non plus, ce n'était pas une fleur ou un dé, étymologiquement. Les éternelles danseuses accomplissaient leur ronde. Devant moi, à travers la lucarne, je voyais se dérouler le film le moins palpitant au monde. À distance, de trois tuyaux d'où s'échappait de la fumée, le premier semblait resplendissant. J'allais probablement devoir reprendre l'enquête à zéro. La première chose à faire était de retrouver celle qui se souvenait de n'avoir jamais vu qu'un seul horticulteur, si tant est qu'elle n'ait pas disparu dans la nature. Je devais aussi me préparer à envisager que ce qui s'était déroulé dans la bibliothèque avait altéré quelque peu mon jugement. Qui aurait cru, en définitive, que la conception de boîtiers électroniques pouvait receler de pareilles péripéties ?

13

Comme je l'avais anticipé, elles n'étaient pas encore parties quand j'arrivai devant l'établissement avec mon sac à dos. Nous traversâmes l'hypercentre, puis elles allèrent chacune de son côté. Nous nous trouvions dans un ancien hôtel. Lorsque nous parvînmes enfin devant la bonne salle, l'examen venait de commencer. Je dus prendre le parti de copier sur mon voisin de devant : leur histoire de voyant, ce n'était pas vraiment mon fort. Quand ce fut mon tour, la sonnerie retentit (effet d'un pur hasard). On me demanda alors de passer derrière l'un des titres de King (mais pas dans la langue originale, si je puis dire). Je dus fournir une explication, en me privant de la blague sur Charles Perrault ou sur Stendhal que j'avais l'habitude de faire en pareille occasion. C'est là qu'il me sembla qu'A.E. – qui, je le vis plus tard, passa sans difficulté – me remarqua et conçut des soupçons à mon endroit. C'était tout à son honneur : il remontait dans mon estime. De toute façon, ça ne changeait rien à la suite des événements en ce qui me concernait. Le trajet du retour s'effectua sans incident.

14

Pas de plancton, non. (La décision avait été facile à prendre : je voulais en finir au plus vite.) J'atteignis la porte et la refermai, sans témoin : j'avais fait le nécessaire pour m'en assurer. Maelig aurait ce qu'elle désirait (Jupiter et cardinal). Un laser restait raisonnable ; deux, c'était peut-être trop ? Tant pis. C'était le moment d'essayer d'avoir la légèreté de Chatterton – même si ça remontait à assez longtemps. Ce fut juste après que j'interceptai la lettre H (la seule que je connaissais) : à retenir, même si je ne savais pas encore si j'en ferais quelque chose. Sans doute rien. Il me restait une demi-heure pour découvrir ce que je cherchais. En attendant, j'étais super content. Ah ! ainsi, on avait des choses à cacher ? Eh bien, on avait tort de me sous-estimer. J'avais les oreilles qui traînaient, on me l'avait souvent dit ; ce qui s'était passé entre Hélène et Vincent, ou ce que deux confrères étaient venus chercher en deux occasions différentes rue des Hallebardes, n'était pas un secret pour moi. Ce qui allait faciliter ma tâche, c'était l'aspect du bureau (même si je ne voyais pas le rapport avec les sandales).

15

J'aimais à me dire que, dans cette promenade à l'image de toutes celles que je n'avais pas vues, elle ne soupçonnait rien de la mise en abyme qui nous reliait, ou plutôt nous relierait. (Peut-être eût-elle aimé que son cas soit confié à quelqu'un partageant exactement la moitié de son nom avec la secrétaire de *Fiat lux* ?) En tout cas, l'expression était appropriée, au vu du quartier historique que nous quittions pour franchir les grilles d'un jardin quelque peu illustre. Nous passâmes un monument dédié à une célébrité (dont c'était la troisième évocation en quelques heures), avant de longer un bâtiment nommé comme un musée parisien qu'aimait beaucoup hanter, à l'occasion, la personne que je regardais naguère comme un collègue très sympathique, et qui aimait tant cette période-là. J'eus encore une pensée pour la ruelf féminisée dont le dernier séjour n'était présent qu'en apparence : vanité des vanités des vanités ! Je savais que c'était également son endroit préféré, pour des raisons strictement littéraires et françaises. Et c'est ainsi que je la suivis, mélancoliquement, jusqu'aux anneaux du grand serpent de pierre, dans la rue nommée en l'honneur de ceux que l'aède enferma d'éléphantesque façon ; car c'était là qu'elle habitait. Comme cela lui convenait !

16

Un bref retour là d'où je venais ne révéla rien d'intéressant. Ma prochaine destination, sans lien avec la Provence, avait de quoi impressionner : elle renfermait des collections pour l'entretien et l'agrandissement desquelles les moyens n'avaient pas manqué. Derrière une première vitre : des anciens et des nouveaux, quelques présidents de la République, et même une du début du printemps qui avait un petit air insurrectionnel. Ailleurs, c'étaient des objets qui n'avaient rien de vicieux, portant des déguisements divers : un aperçu d'un cours d'eau de Vénétie ; une vue du mont Saint-Clair ; un portrait d'un sacré personnage ; un panorama d'une ville jumelée, en quelque sorte, avec une autre, en Turquie, célèbre pour ses remparts et ses combats (mais aussi avec une allemande, une anglaise, une polonaise, une belge ou une néerlandaise) ; un animal auquel manquait la compagnie de onze de ses semblables ; une vision de ce qui reçoit le hérisson levantin. D'autres étaient dans les tiroirs, en bas. À l'intérieur, rien qui se rapportât au fameux sextet – assuré, bis. On m'annonça que Dédé s'était finalement décidé à faire une apparition… à mon grand désespoir.

17

Nous étions toujours place du petit château. (Plutôt une forteresse ou une prison.) Ma mère adorait le poète « un peu sourdaut » et même un peu footballeur (Pré-aux-Clercs CF, ou Union Sportive Valois, en tout cas Royal League), donc ses filles avaient reçu le prénom des femmes qui l'avaient inspiré. Au lieu de revenir à ma personne – un défaut que je me reconnais volontiers –, il me fallait réfléchir au problème qui se posait à moi. Aux yeux du commanditaire, quels étaient les suspects n° 1 ? Car je n'osais envisager qu'il n'y en eût qu'un seul. Gavet, sûrement. Le Hâbleur – et pourquoi pas ? C'était une concurrence à redouter, il m'en avait naïvement fait l'aveu lui-même. Et Donald Duck ferait un bon troisième, surtout pour un Othello-pour-rire. Devant moi, une femme à la jupe orange, avec des boucles d'oreilles Bibendum, se leva et partit. C'était le signal que j'attendais (certes, pris à contrepied). Je lui emboîtai le pas, heureuse à la double perspective de promener un peu Rantanplan et d'avoir un but réel. Il faudrait cependant que je lui en serve un illusoire.

18

Les carabiniers d'Offenbach avaient été battus à plate couture. (En revanche, le Nord m'avait rattrapé.) Après tout, le sésame – je devais bien le savoir, on me l'avait confié – était censé avoir une date de péremption, et c'était vers la fin de l'hiver. Entre celle qui faisait dans la dentelle et l'autre qui se pavanait avec une chaîne d'or (il ne redoutait pas l'ostentation !), c'était difficile à manquer. Ils avaient d'ailleurs autour d'eux quelques admirateurs. La pensée du danger qu'ils couraient m'indignait et me crevait le cœur. Pouvais-je dénicher un recoin, une cache, un lieu fermé… ? Non, et puis, à ce stade, cela ne servirait sans doute plus à rien. Parmi d'autres plantureux sujets, une plantureuse Marie me suivit pendant un temps qui me parut interminable. Quelques détails étranges dans son histoire m'interloquèrent, jusqu'à ce que je comprenne que j'avais probablement confondu la tante avec la nièce. De toute façon, j'en avais encore une autre à l'esprit. Je n'en avais plus pour très longtemps. Puisque j'avais la preuve du délit sur moi, il ne me restait qu'une chose à faire : me rendre aux autorités. Elles étaient les plus proches, à défaut d'être compétentes.

19

Au moment qui avait été programmé, ce qui faisait office de projecteur s'alluma. Indiscutablement, il était là, le croissant rouge (auquel mon imagination fantasque ajoutait une corde, ce qui le transformait en celle qui venait après lui). Malgré toute l'aide fournie par mes assistantes, auxquelles j'eus soigneusement recours, il me fut impossible de distinguer autre chose que cette éclipse de lune. Ensuite, j'entrepris de me décaler d'un rang, dans la chambre d'à côté. Cette fois : ya ! On se serait vraiment cru transporté dans un autre pays. Je renouvelai l'expérience : un i venu du froid (car j'avais tout de même quelques lettres). À chaque fois, le constat était identique. J'attendis encore une longue heure, par acquit de conscience, mais, en dépit de mes efforts, le résultat était toujours le même. Le cadran était sur le cadran. Jamais je n'avais eu de si grande satisfaction à sentir frissonner le désordre des ombres. Mais alors, en quel lieu, ces ors ignorés gardant leur antique lumière… ? Après une courte réflexion, je me saisis de mon téléphone. On m'avait rendu un assez grand nombre de services pour la journée : il était bien normal que je rende la pareille.

20

Elle était déjà dans les deux premières parties d'une métropole, et j'avais compté trois haltes, quand elle reçut l'avis d'un changement de programme. Temple ? Très bien ! C'était quasiment notre point de départ. Elle resta stoïquement assise. Il n'y avait qu'à faire de même. J'avais un grand pull rose, bien flashy. Évidemment, quand on fait moins du millionième de la population environnante, les risques sont plus faibles. Je l'observai à la dérobée. (J'avais également vue sur son discret garde du corps.) Son prénom, que son nom de jeune fille mettait ingénieusement en valeur, lui allait bien. Ça ne voulait pas dire grand-chose, et j'étais bien placée pour le savoir, partageant mon prénom avec une personne que je n'admirais pas du tout – mais dont j'allais sans doute fréquemment entendre parler – et une infinité de lieux, en souvenir d'un de ces empires où le soleil (comme la honte) ne se couche jamais. Mais *elle* me paraissait vraiment la sœur de Diane et de Bella, celle de ses interprètes que j'avais préférée (encore un prénom parfait). Le travail aurait pu ressembler à des dizaines d'autres. Après tout, des personnes inquiètes de savoir si elles étaient orphelines de la belle saison des mers et des magies, ça court les rues.

21

Je me laissais rarement envahir par l'émotion. Quand ce fut passé, je fis comme l'affiche et cherchai des iris. Rien en aval (des façades ou des murs qui ne risquaient pas d'en avoir) ; en amont, c'était plus prometteur, grâce à la présence du Substantifique. Là, celui que j'interrogeai me montra un de ses piliers, inamovible et surtout régulier. Il se rappelait bien le jour de l'événement, car, le lendemain, il avait reconnu la victime dans une fausse note qui avait été, ce jour-là, beaucoup consultée. Il l'avait effectivement vue, allant du pas de Lamartine au temps où c'était la nature – hélas – qui… Il se la rappelait, ajouta-t-il ingénument, parce qu'elle n'était pas caucasienne. Une femme brune était entrée peu après, à pas pressés ; elle était ressortie un peu plus tard, d'un air horrifié. L'action sur le théâtre hellène (et voilà mon prénom incorrectement écrit), certainement. Oui, il en avait parlé aux enquêteurs, mais il n'avait pas vu ses traits. Et puis… Je voyais ce qu'il voulait dire. Mon premier aurait été le cri de la fausse note ; mon deuxième, l'une des notes les plus hautes ; mon troisième, ce qu'on fait parfois quand elles sont plusieurs. Mon tout était ce dont j'avais appris à admettre l'existence.

22

Vivant ? Vraiment ? Caramba ! encore raté, à mon sens. Mais peut-être ma tâche s'en trouvait-elle facilitée. J'avisai une porte blanche fermée. Après avoir joué mon atout, j'entrai avec précaution. Dans les trois pièces contiguës, en partie recouvertes de bâches, beaucoup d'objets avaient été emportés. *Work in progress*. Un dessin avait été tracé sur le sol. J'accomplis un tour minutieux, non sans regarder dans le blanc des yeux les paluches laissées sur place, comme quelqu'un qui n'a rien à se reprocher. Je refermai avec soin derrière moi, dans le silence le plus complet. Tout cela donnait évidemment à penser. En réalité, j'avais eu deux témoins inattendus (qui allaient me donner leurs informations sans difficulté) : un type baraqué dont une sale balafre barrait le visage – ce qui accentuait le côté révolté ; et un exhibitionniste, qui ne m'en imposa pas beaucoup. Tous deux, par association d'idées, me remirent en mémoire un nom que j'aurais bien dû garder à l'esprit : Raphaël Gavet. Un des responsables de la sécurité, que, en réponse à mes questions un peu pressantes, on avait avoué soupçonner de distraction depuis quelque temps, comme s'il avait toujours pensé à autre chose… pour commencer. Je devais prendre de la hauteur.

23

Quittant la compagnie d'une grimpeuse japonaise, j'eus le temps de me promener un peu en observant les alentours. Cela me servit au moins à découvrir que la fée verte n'était pas seulement dite aux vers (dans tous les sens du terme !) ; c'était en même temps celle de ma sœur (version grecque – consulter Anatole). Le film muet prit fin, et ils se séparèrent. Qui devais-je suivre ? Je me décidai aussitôt pour lui, ne serait-ce que pour éloigner la suspicion. Après, je ne sais pourquoi, un détour par le quai et les Tanneurs, je m'aperçus que c'était dans cette rue que je me trouvais, par coïncidence, lorsque j'avais appris pour les jumelles. Cette année-là avait été riche en événements. Depuis, chypre. Nous n'y avons jamais mis les pieds. Et maintenant, il voulait apprendre s'il avait fait son entrée au club des ex-futurs Ménélas de l'avenir. Le premier exemplaire de La Vache qui rit (j'aurais aimé trouver une image plus distinguée, mais le titre du tableau de Norman Rockwell m'échappait) s'éloignait d'un pas souple et élastique, qui en faisait le digne successeur de la femme au Bonhomme.

24

Je quittai la chambre pour une autre pièce. Depuis qu'il avait fait comme le marchand de couleurs (peu avisé de se frotter à un petit-neveu du peintre Vernet), il avait beaucoup éliminé. La dame qui confondait l'amour et la géographie ne lui ressemblait pas. Je venais encore de consulter mon guide. Ici, il rangeait celles qui n'étaient vraisemblablement ni religieuses ni lusitaniennes, et tout ce qui avait une quelconque importance. Le lieu n'était pas désagréable : on avait vue sur celle qui fut pendant plus de deux siècles la plus haute après celle qui traversait le Triangle d'été. Près de ce que sa sobriété éloignait du Mazarin ou du Cressent, on trouvait deux fois ce qui, avec un jardin, était tout ce qu'il fallait, selon Pois Chiche, et dont les occupants, comme endormis, fermés sur eux-mêmes, étaient certainement bien organisés. Quelques clichés : Denon devant le gâteau de son dernier anniversaire (Marie avait insisté) chargé de deux bougies, une jaune et une blanche (son caprice, ou plus vraisemblablement son défi), avec à son cou un Mérovingien tout rose ; sa fratrie ; ses parents ; des neveux et des nièces. Et puis : le *tu autem*.

25

À condition de prendre le terme dans son sens ancien, peut-être bien en était-ce la mythique et renaissante créature – mais pas de ces bois, naturellement. Il ne me fit aucune objection ; il se montra même désireux d'aider ceux qu'ils voyaient en quelque sorte jacquemardiser quotidiennement, même si c'était la seconde fois de la journée. J'appris que, depuis, un de ses hôtes était parti ; pour les autres, c'était l'inverse. Il me demanda seulement de me servir de ce que lui-même (petit et rouge) n'avait pas, au sens figuré. J'acceptai. Le premier fut rapidement gagné ; la première n'avait rien de clos ni de mystérieux. Nul oiseau ; mes devanciers s'étaient préoccupés de cartographier – grâce à la latitude et la longitude ! – ceux qui avaient fait comme notre amour à Bruxelles (dans une chanson muette). Nous avions seulement surpris, dans sa nudité, celui que la jeune… – est-ce Nona ou Decima ? – a quitté tremblante. C'était bien plus agréable à regarder que ce qui faisait face aux jardins dont le nom ne devait rien au premier auteur évoqué ici. Mon instrument me permit de constater que la divinité blanche était en vue, de trois quarts, de sorte que, même si elle avait eu un interlocuteur, on n'y aurait rien perdu.

26

J'arrivai passablement irrité chez la fille aînée de la nièce de l'homo du nyme (dans l'univers d'Harry Potter) de celui dont le premier exploit a consisté à voler le collier de la reine, seulement hors du pays où elle se trouve. C'est toujours avec émotion que je revenais dans cette région qui avait bien mal accueilli mes grands-parents, après la chute de la ville où l'amour avait jeté des étoiles à Bison Ravi. J'étais sur les traces de celui que ma cliente, hier, avait désigné comme le responsable de toute l'affaire. Il avait fait passer sous la porte une très dévote créature (je crois qu'ici, j'ai fait un hippocampéléphantocamélos) ; j'avais cependant une consultation à faire. La fée de la science qui doit beaucoup à celle qui porte le nom de l'ardeur et du séducteur de Richardson n'avait pas encore touché mes informatrices de sa baguette. Je finis néanmoins par obtenir ce que je désirais : cela m'avait pris davantage de temps qu'il ne m'en fallut pour rallier le résultat (un maigre quart d'heure). Tout allait-il donc finir là ? songeai-je en lisant le nom que je cherchais.

27

Mon tour de garde inutile avait pris fin. Quittant ma pseudo-guérite, je m'en allai d'un bon pas. Soudain, mon attention fut attirée par une agitation inusitée. D'abord, on ne distinguait qu'un remuement en tout sens, le pêle-mêle d'une foule bruyante, allant, venant, chacun et chacune désireux d'avoir sa part du spectacle. Mais finalement, je n'eus pas trop de peine à voir moi-même ce dont il s'agissait. Cette activité qui me révulsait, dont j'avais vu plus tôt des signes avant-coureurs, sans les comprendre, avait pour objet, en partie dissimulé par la végétation du lieu, un malheureux corps sans vie. Une blessure à la gorge laissait soupçonner une mort violente. Un accroc à l'ouvrage ? Était-ce le fait de celui que j'avais aperçu au petit matin ? Hormis la tête, son corps était recouvert. Étrange forme de pudeur ! Il gisait renversé sur le côté, l'œil vitreux, indifférent à tous ces curieux intéressés dont l'avidité semblait emporter, pièce à pièce, tout ce qu'il avait conservé de dignité en passant dans l'autre monde. Finalement, ce que promettait la deuxième affiche aurait peut-être été une alternative plus respectueuse.

28

Cette pièce était déserte, contrairement à la précédente, mais les fenêtres étaient nombreuses : j'allais devoir faire attention. Il y avait un sac grand ouvert, qui appartenait vraisemblablement à celle que j'avais entendu appeler du nom d'une chanson de Johnny, et d'une autre de Gilbert Bécaud (mon père la chantait souvent, malheureusement). C'était tentant, mais pas question. L'expérience m'avait appris que ce n'était pas une bonne idée. J'imaginais qu'elle ne savait rien des activités de Minsky. Me souvenant de la rencontre entre Moriarty et MacDo, je levai les yeux pour examiner tous les cadres : mais rien de suspicieux ne m'apparut. Puis, apercevant une photographie ancienne, je m'arrêtai pensivement devant elle. C'étaient trois jeunes filles, habillées comme pour une fête, et qui regardaient l'objectif en riant. L'air de famille était flagrant (comme un délit !) : l'une d'entre elles était facile à reconnaître. (C'était drôle : on n'aurait pas vraiment pu dire ça pour les deux autres, même si on en avait rencontré une.) Et d'ailleurs, quand on parle du loup, il sort du bois.

29

Je trouvai nombre de pièces de mosaïque surnuméraires : fragments parfois pittoresques, mais qui n'avaient pas toujours été jugés dignes de l'attention de Point-à-la-ligne. Par malheur, tout n'y était pas consigné, l'auteur se reposant visiblement sur sa mémoire pour les éléments les plus importants. L'un des morceaux, remontant au mois précédent, offrait un aperçu de la vie parisienne : c'était une histoire de gourde en désordre, dans la rue du saint du jour où sa lectrice s'était lancée sur ses traces : sa route rejoignait alors celles des Pyramides et de Richelieu. J'apprenais aussi que, il y avait quinze jours, elle recueillait les embarrassantes confidences d'une Marie L. dans sa ville d'origine. Le suivant, elle avait rencontré, dans une sorte d'Overlook de la région, un homme (A. L. – tiens, le même anniversaire que celui d'Hector) et une femme (D. D. – le jour de sa naissance était celui de la première apparition publique d'Agatha Miller, dans le Devon, et l'année, celle du retrait définitif de Mrs Mallowan à St Mary's), dont les attitudes respectives étaient éminemment suggestives. Trois jours plus tard, elle avait eu l'occasion d'en surprendre de belles sur la vie nocturne d'une serveuse, alors que c'était son ami et le compagnon de celle-ci qui l'intéressaient.

30

C'était le tour du jeune homme de passer, automatiquement, devant la Mort. De célèbres inconnus avaient fait la décoration, et assez récemment encore. Sans doute des pairs de Janet Gaynor, Judy Garland, Barbra Streisand et Lady Gaga : la ronde de ceux qui avaient donné son nom à la pratique adoptée par plusieurs papes, et les Borgia en particulier, n'avait plus rien pour m'étonner à ce stade. Ma sœur, qui s'y connaissait, me le confirma au téléphone. Nous étions très proches ; elle avait un prénom ronsardien, le mien illustrant le même règne. On se ressemblait beaucoup, mais j'étais seule à présenter une anomalie comme celle, paraît-il, d'Alexandre le Grand. Quand mes parents s'en aperçurent, ils eurent des remords sur mon prénom. Mais ils n'auraient pas pu le prévoir. Et puis, je jugeais cette irrégularité très séduisante, et je trouvais un peu dommage de n'avoir jamais rencontré quelqu'un d'autre qui l'eût. Certaines indications n'avaient rien pour aider (cmix cli ?). Celle qui, associée à Louise, aurait eu d'autant plus sa place ici me confirma que les objets de cette sélection avaient toujours été entourés d'un soin jaloux. Il ne me restait plus que la cuisine.

31

J'avais, moi aussi, hâte de m'en retourner chez moi. Reposez, doux taureaux de la plaine immense, sous vos cieux à peine irisés ! Mais... j'anticipais quelque peu. Déjà, je roulais dans ma tête les phrases que j'adresserais à mon employeuse (dont le nom antique me réjouissait toujours), et qui présenteraient ma réponse. Ce n'était pas encore tout à fait l'heure pour ce qui n'était plus l'œil clignotant et bleu. Selon mes calculs, j'y aurais droit à mon arrivée – et, grâce au trafic, à ce jeu mouvant de reflets réciproques qui ne devait rien ni à mes vénérés ni à leurs pairs. Cette idée me remit en mémoire de scintillations sitôt le sextuor ; et, en vérité, ne s'agissait-il pas, là aussi, d'une précieuse association, aperçue par la fenêtre ? Et d'un seul coup, je m'immobilisai. Aiji, voyons, réfléchis ! m'aurait dit mon père. Je venais de mettre le doigt sur un élément crucial. Mais alors, je devais rebrousser chemin sans plus attendre. Mon excitation était si grande que je n'eus pas même le loisir de réfléchir aux conséquences de ma découverte.

32

La crypte n'attirait pas grand monde. Elle avait néanmoins quelque chose d'imposant. J'obtins des renseignements sur l'origine du lieu, qui explique son nom. L'instrument de musique qu'on associe à cette activité est relié à mon nom de famille, qui est aussi un prénom (seulement, chez moi, la troisième est doublée), et cela me remit en mémoire le souvenir scolaire de la fin d'un poème de Vigny… ou plutôt, la parodie qu'en a faite le complice préféré de Pierre Dac. Soudain, j'aperçus deux panneaux, le plus petit comportant le mot qui résumait ma profession. La vie était parfois bien faite. J'abattis mon joker, et arrivai dans un corridor où je repérai immédiatement un objet qui faisait de moi la proverbiale créature à ne pas manquer. J'avançai sans cesser de toiser le Grand Frère, m'approchant d'un nouveau lecteur qui me parut désireux d'accomplir son office. Sa lumineuse satisfaction fit apparaître une sorte de monte-charge. Je ne poussai pas plus loin ; ç'avait déjà été bien assez éclairant pour moi de parvenir jusque-là. Tel fut mon seul contact avec ces mystérieux souterrains explorés artistiquement (ce n'était sûrement pas parole d'Évangile !) par le Lion Tenté Homme.

33

Un code me manquait. Ce « me » avait quelque chose de comique ; on aurait pu facilement m'objecter que ça ne me regardait pas. Et en effet, sur le long terme, qu'en aurais-je fait ? Mes yeux furent attirés par un flamboiement éblouissant derrière une vitrine. Je me plantai devant, et caressai un instant l'idée d'un cadeau d'anniversaire en guise d'offrande propitiatoire à mon intention. La date fatidique était dans six mois (tout rond !) : décidément, je jouais de malheur. L'inspecteur Gadget attendait toujours derrière moi. Mes réflexions revinrent à la promeneuse, et au jeune homme qui avait délibérément croisé sa route. Y avait-il entre eux davantage que ce que suggéraient les apparences ? Était-ce, pour elle, le sang le plus beau du monde ? Il était si facile de s'imaginer des choses ! me dis-je avec un certain effroi. Tout cela suggérait bien des abîmes, mais n'apportait aucune résolution tangible à mon problème. La voie que j'avais suivie ne pourrait pas durer éternellement (contrairement à cette rue qui paraissait interminable). Que devais-je faire ? Malgré mes préventions initiales, trouverais-je le salut en allant l'aborder directement ? Mon initiative risquait de tourner uniquement au profit d'un caméléon plus doué. Cela demandait une sérieuse réflexion.

34

Le matin commença tard. Nous fûmes reçus par une véritable institution ; néanmoins, je ne lui prêtai pas toute l'attention qu'elle méritait. Il y eut d'abord, pour nous accueillir, des représentants qui me parurent un peu macabres. Mais je trouvai le couple vedette franchement horripilant : lui, pâle comme un vampire et apparemment en collants ; elle, avec une expression très niaise, engoncée dans sa robe brune à plis. Je devais cependant admettre que la pilosité valait le coup d'œil, et que leur virtuosité technique était indéniable. Il y en avait une qui nous tournait résolument le dos tout en nous montrant sa figure : était-ce celle à qui son nombre de vertèbres avait valu la célébrité ? En revanche, j'appréciai sans réserve de pouvoir m'approcher d'un cardinal, que je n'avais jamais eu l'occasion d'observer ainsi, sous toutes ses faces. Vers la fin de la promenade, au-delà d'un ravissant cours d'eau argenté, nous eûmes la chance de voir un magnifique coucher de soleil. L'endroit était également riche de fleurs remarquables ; mais il était facile de percevoir qu'à ce stade, celles qui décidaient de nos déplacements étaient pressées de prendre congé. Heureusement, nous n'étions pas loin d'un endroit où il leur serait facile d'assouvir leur faim.

35

Diane, une femme brune qui me parut assez nerveuse, voulait me parler d'un qui n'était pas celui de Tchekhov, et qui avait le même prénom que deux rois d'Angleterre. Elle le voyait peu, ayant fait sa vie là où est la vérité quand, ici, nous sommes dans l'erreur. Elle n'était pas revenue depuis l'an dernier : elle se rappelait, à leur dernier déjeuner ensemble, son ornement comme la servante d'Atwood. Il avait paru comme d'habitude, aimable mais irritable, lors du chant de celle qui n'était ni petite ni du pays de Tycho Brahe. Lorsqu'il avait fait mentir le nom du plus célèbre de ceux qui partageaient son patronyme, ce fut brusquement et de façon inattendue. Chacun s'entendait avec lui, hormis celui avec qui il avait la relation (secrète) de Juve et Fantômas. Une génération se relayait auprès de lui. Celui qui avait pensé à faire appel à moi était effectivement celui qu'on avait doté d'un surnom évoquant le propriétaire d'une plaque d'immatriculation 313, et qui provenait de ses initiales, mais aussi de la loi de Murphy : il en venait toujours aux prises avec son djinn par un endroit délicat. Elle prit place dans la cuisine pour ne pas me déranger (trop tard). L'homme jeune était sorti puis rentré.

36

Qu'il était difficile de jouer son propre rôle ! Peut-être avais-je fait une erreur en ne rebroussant pas immédiatement chemin. Entre l'autre et moi, il y avait à présent près de cinquante mètres. Je repris un peu mes esprits. Parmi toutes les possibilités, celle d'une confrontation directe m'apparaissait comme la moins souhaitable. Je pouvais encore tirer parti de la situation, à condition de me montrer suffisamment habile. Mais la destination de notre trajet ne m'apparaissait pas encore clairement. De loin, j'aperçus Jeanne, et j'éprouvai l'envie subite de lui faire signe (comme à chaque fois : je la trouve sympathique), mais je souhaitais surtout ne rien faire qui puisse éveiller l'attention. De toute façon, elle ne regardait pas dans ma direction et je n'allai pas dans la sienne : bientôt, je l'avais dépassée. Charles et elle étaient pour ainsi dire de vieux amis. Et, maintenant que j'y pense : plusieurs Charles, mon préféré étant celui de la reine du dernier jour et de son illustre cour. Mais je devais plutôt réfléchir à ma situation présente. Quel cliché ! ne pus-je m'empêcher de songer. Toutefois, aurais-je vraiment pu espérer y échapper ? Car je portais le nom de la demi-sœur de celle qui était peut-être la deuxième épouse infidèle la plus célèbre de toute la mythologie grecque.

37

Je considérai deux caméras de surveillance, en parfait état de marche. Le vigile posté à la porte examinait consciencieusement tous ceux qui passaient. On m'avait laissé entrer sans anicroche. Le public, ce soir-là, n'était pas en trop grand nombre ; il était entassé dans la première galerie. Le Français avait toujours ses adeptes. Mais on courait surtout aux Italiens. Je ne pus m'empêcher de songer qu'il était dommage qu'on n'ait pas accès aux balcons, même si c'était le signe que, pour une fois, quelqu'un faisait son travail. Finalement, ceux qui étaient devant moi, ayant perçu ma présence, s'écartèrent, et j'obtins une bonne vue de la baignoire, en effet avantageusement placée. Il semblait qu'il y avait peu de sang, mais la nature du lieu n'aidait pas à apprécier sa présence au plus juste. La victime gisait, renversée à demi, son visage tourné dans ma direction. J'avais du mal à reconnaître le père d'Hélène. La lettre dramatiquement accusatrice, l'arme du crime bien visible, la posture de la victime : tout cela fleurait bon la mise en scène. Le cadre s'y prêtait, si j'osais dire. Même l'inspecteur Charolles aurait su s'en démêler sans trop de peine. C'était signé. (Babylas.)

38

Je pris quelques renseignements au sujet du premier (je veux dire, ex-). C'était l'affaire d'une ultime concession. J'eus une explication profitable avec qui de droit, et pris aussitôt mes dispositions pour me rendre sur place. Ce fut nettement moins déplaisant que la première fois, et les ultimes heures du grand seigneur méchant homme, lorsqu'il réalisa le programme de Largo Winch (neuf et dix), firent les délices des miennes. Sous la verrière de la gare, j'aperçus, bien en évidence, le nom de célèbres coléoptères d'une République qui fut longtemps dominicale. Je suivis celle (en français) qui avait eu le même sort que Rosemonde – chez mes deux favoris, le dramaturge (elle avait précédé Rosemonde, de plusieurs crans) et le poète (elle lui avait cette fois succédé). Jamais je n'avais eu l'occasion d'admirer la capitale d'un continent ; je songeai qu'en leur temps, elle était encore étrangère. Vous êtes le quatrième qui est mêlé à nos histoires, depuis quelque temps : cela excite toute la famille. Elle me parla d'un héritage ; puis j'écoutai d'une oreille distraite lorsqu'il fut question de sa sœur, sur laquelle souvent le rêve du poète rêva, et d'un procès qu'elle intentait à son mari, Damien (ou Vincent ? Ou David ?), coupable d'en avoir employé un à son encontre – sans rien trouver. Le piquant était que, pour le prouver, elle avait fait exactement pareil.

39

Cet endroit avait, à mon sens, peu de chances de rivaliser avec celui du découvreur de Juan, Pablo, Georges et les autres. J'y trouvai rapidement celui que j'étais venu chercher. Les tubes de même teinte que les murs – j'avais horreur de ça – accentuaient la dureté des traits, mais le dessin avait parfois peu à dire sur l'âme. Ma venue était surprenante ; mes pairs avaient déjà fait connaissance avec son paillasson. Eh bien, bis. Les réponses furent : il ignorait le sextuor nécessaire, et il en avait toujours été ainsi ; le nom du rapprochement entre John Bull et Marianne, avant que Nicolas ne s'en mêle ; dans ce qui imposait son absence éternelle au milieu des vers, après un blasphème ; celle qui, exclamativement, succédait au ciel, chez l'autre dramaturge que je confondais parfois avec Lagarce (c'était pourtant tout le contraire d'une insulte) ; ce qui suit la comète et l'arc-en-ciel de l'âme de Gros-René. Ce fut lacédémonien. Je m'en revins sans commettre l'erreur qui fut fatale à Orphée, ou plutôt à celle qu'il ramenait. Ce n'était pas loin du mont dont l'emblématique construction avait inspiré ce qui passe, à tort, pour des holorimes de Racine-de-Chêne (qui n'avait pas sa place dans un vieux pot à cornichons).

40

Je songeai que c'était le jour d'un saint homonyme du séjour des bienheureux chez les Anciens ; un signe, peut-être ? Je me dirigeai, sous un ciel bleu, vers la station qui fermait l'une des deux seules lignes de ce moyen de transport dans la ville. On était pratiquement à la lisière de celle-ci, et à proximité d'un endroit endormi, comme dans les contes. (Décidément : du Bois, oui, ou presque ; Blanche, non.) Je n'eus pas de mal à retrouver celle que je cherchais ; car elle avait été désireuse de retrouver son travail aussi rapidement que possible. Le courant passa assez bien entre nous… comme il se devait. Après tout, c'était presque son métier. Elle m'expliqua que l'homme était à peine apparu dans sa lumière jaune ; elle avait seulement eu le temps de se dire, de façon quasi simultanée, qu'il était encore jeune, et peut-être, qu'il était allé puiser à ce qui contenait la vérité. Je secouai la tête, connaissant ses principes. En tout cas, dit-elle, il n'y avait eu absolument aucune parade envisageable : il s'était tout simplement affalé. Est-ce qu'on aurait pu avoir fait comme la proverbiale et familière vieille dame inévitablement destinée à une crise d'urticaire ? Ce n'était pas complètement impossible. Je la remerciai.

41

Deux Billy côtoyaient l'imposant Jupiter noir. Le premier supportait des cartons bien remplis, des anneaux bien chargés ; mais le plus important ne s'y trouvait pas. Le second exposait des spécimens qui allaient, en partant du haut, d'annotations sur annotations d'un tout jeune médecin à un énigmatique inconnu ayant été l'objet de l'attention de Queen (E.), dans une traduction récente ; de l'horaire de Brutal à un guide sur la côte qui va d'un ancien camp de concentration français jusqu'à la ville frontalière où mourut un intellectuel allemand ; des deux amants dont les commencements servent aux communications internationales à une œuvre du même genre, par un quasi-beau-frère de l'auteur de l'antépénultième ; d'une défense du maître du disciple du maître du maître du maître d'Alexandre le Grand aux Astres méridionaux ; de pas celui de Diderot, par pas celui de la Reine Margot, à peut-être Alba de l'Humbert Humbert cisalpin ; de brouillages par un ancien du danseur céruléen à celui, déjà évoqué ailleurs, que le maître de l'Olympe aurait réduit à quia ; d'un script des années 1980 avec Jean-Claude Dusse, François Pignon et Johnny à un script de 1933 avec Maigret, M le Maudit et Sa Majesté Pauline IV, puis V. Je passai dans la salle de bains.

42

À tout seigneur, tout honneur : puisqu'il me recevait, je pouvais bien aller lui présenter mes respects. (Superbe robe.) Tout en avançant, je remâchais les faits, et notamment celui-ci : Véra Isayev n'avait plus été vue dans les parages depuis près de deux mois, et il n'y avait aucune raison d'espérer l'y trouver encore. En levant les yeux, j'aperçus Mars et Vénus dans une position non équivoque, grosse de malheurs à venir. Tout cela ne me disait rien qui vaille, et je compris que les saisons défileraient sans que rien d'intéressant se présente. Au début, pour être honnête, j'avais cru que les craintes de mon client n'avaient rien de fondé ; toutefois, je ne pouvais nier l'évidence, si étonnante fût-elle, puisque je l'avais constatée de mes propres yeux – contrairement à d'autres dont ç'aurait dû être la tâche. Mais qui l'aurait cru, et dans une maison pareille ! Soudain, je me trouvai face à face avec le responsable de cette séduction. J'aimais bien savoir à quoi ils ressemblaient. Et puis, en cette heure nocturne, c'était quasiment un tête-à-tête (et voilà *L'Aurore* qu'arrive avec *Le Figaro*).

43

Ce fut un peu moins digne que je ne l'aurais voulu, mais enfin, je parvins à ouvrir. Elle entra et s'installa. Pendant un instant, je crus qu'elle avait oublié ce qu'elle avait à dire. C'était exactement l'expression de Spinoza. Finalement elle commença à parler ; elle eut le temps de prononcer la première syllabe de mon prénom, avant que je ne me mette en colère : un flot vite interrompu. J'étais son chef, ça manquait de sérieux. Les jeunes, ça se croyait tout permis. En revanche, ce qu'elle avait à m'apprendre me fit plaisir : les personnes les plus dangereuses pour moi étaient réunies au même endroit. Il n'y avait pas un instant à perdre : je démarrai, comme on dit, sur les chapeaux de roue, sans oublier ce que j'avais laissé devant moi. Il nous fallut peu de temps pour parvenir à destination. Au moment de sortir, je me rendis compte, assez dépité, que j'allais devoir sauter par-dessus une sorte de grand morceau d'arbre renversé. Je poussai un grognement : c'étaient les ennuis qui commençaient.

44

L'élégance un peu lourde dans laquelle elles s'étaient complu si longtemps fit place à l'animation. Je m'y sentais parfaitement à l'aise ; c'était une sorte de Chueca locale. Je sais de quoi je parle, ayant le même nom de famille, accent compris, qu'un artiste de ces latitudes, amateur de poètes, et même du pornographe du phonographe. En raison de l'exiguïté des tables du coin, notre quatuor se fractionna. Je suivis mon camarade jusqu'à une salle d'où nous avions toujours vue sur celles qui nous intéressaient. Son sérieux ne se relâcha pas un seul instant, ce qui plaidait en sa faveur. Aussi fut-il complètement pris au dépourvu lorsque, autour de lui, des antagonismes éclatèrent d'un seul coup, à l'occasion d'une rencontre entre des rouges qui se battaient sur leur terre et des pèlerins qui avaient fait le voyage remplis d'espoir. En temps normal, j'adorais ce genre de choses, mais je n'y compris absolument rien : je n'arrêtais pas de confondre les deux camps. Comme par une sorte d'ironie, on prit la direction du Rainbow, dont la réputation avait franchi les frontières.

45

Bien que j'en aie su l'adresse exacte, jamais je n'avais pénétré dans ce bâtiment. Je ne rencontrai pas le cerbère local ; je tenais à être le plus discrète possible, et à ne croiser personne. Au vu des horaires ordinaires de bureau, je pouvais gagner mon pari. Je pris tout de même le temps de vérifier si quelque chose se cachait derrière le nom correspondant aux débuts d'Adam et Ève : rien. J'observai au passage une triple coïncidence qui m'avait été signalée, puisqu'on trouvait un ou une Barisic dont les initiales, en plus de m'être familières, étaient encore celles de Badinguet (*no relation*, de ce que j'en savais). Je parvins sans peine jusqu'au quatrième. Après avoir identifié la bonne porte, j'introduisis mon outil dans la serrure ; j'espérais trouver bientôt un bureau parfaitement ordonné qui faciliterait mes recherches, mais que pouvais-je en savoir ? *Que cherra cherra*, songeai-je. (Il faudrait que je me renouvelle : ce n'était ni le premier passage de Charles P. dans mes pensées ce jour-là – c'était le troisième ! – ni la première allusion à un réalisateur dont le titre du film incriminé, d'ailleurs, aurait pu convenir pour l'affaire qui m'occupait. Enfin, à moitié.)

46

Je m'étais toujours dit que la petite à Jeanne z'avait ren manqué. Remplie de lumières déprimantes, destinées à je ne sais quelle photosynthèse artificielle, la boîte où je gigotais n'était pas vraiment grisée de soleil, de chansons et de fleurs, comme cherchait à nous en persuader un mauvais émule du rossignol qui rappelait à un double poisson – sans qu'il sache pourquoi – un cyclone qui s'était abattu sur son bateau un jour qu'il naviguait dans la mer des Antilles. Et, parce qu'en prime j'aurais pu (et peut-être dû) jouer les souffleurs, je me conformai à la recommandation du collecteur du fisc. C'était la bonne ville, après tout. Un peu plus loin, par une coïncidence amusante, je vis glisser dans ma direction un palmipède anglophone (et Don Rosa n'y était pour rien). Je dis ! Ça, c'est un morceau de chance. En même temps, c'était sans doute, dans ce pays, le bassin où nous avions le plus de probabilités d'en rencontrer. Puis j'observai les environs. À chaque fois que je passais par là, je me rappelais une blague qu'on m'avait contée autrefois : les révolutionnaires, qui n'appréciaient pas franchement le goupillon, avaient dû, faute d'imagination, rebaptiser l'endroit la rue du Le. Ce qui n'est pas vrai d'ailleurs ; sous la Révolution, la rue avait le nom d'un plumitif. Mais surtout – ce qui n'était pas pour me rendre le sourire –, le temps passait, et avec lui les chances de retrouver Marie avant le délai fixé.

47

J'avais ôté mon pull depuis longtemps. Il faisait doux pour le début de ce mois ; ce qui me rappelait une autre femme qui portait mon prénom, mais une vraie star, celle-là. Décidément, le marron avait un goût de revenez-y, songeai-je en descendant un escalator qui semblait infini. Et, pendant que j'y étais, je pensai que mes efforts ne seraient pas complets tant que je n'aurais pas mis la main sur un certain code, que mon client n'avait pas été capable de me donner. S'il l'avait eu, je n'aurais sans doute pas été là. Il avait mis en branle l'Alter Ego après s'être rendu compte, par accident, qu'il n'avait plus accès comme par le passé à quelque chose qui avait excité sa *libido sciendi*. Il allait falloir que je m'arme de vigilance. Nous avions progressé de deux crans seulement. Je fus heureuse de me remettre à fouler le sol du pays de l'un de mes auteurs fétiches, à quelque distance derrière ma cible. Ses racines blondes surtout faisaient mon admiration. Au bout de quelques minutes, nous étions devant un monument que, en général, sa nationalité suffisait à désigner.

48

Il est vrai que je portais celui de la première. Bientôt, j'avais une vue optimale sur toute la place. Ma cible (si je puis dire) s'était postée à un endroit où elle fut rapidement rejointe par une rousse, visiblement du pays. Sa conversation eut l'air de beaucoup lui plaire ; mais il trouvait sa compagne trop petite à son goût, et il aurait bien voulu une girafe. Il y a des expressions qui ne trompent pas chez un homme. Il sut néanmoins s'en contenter : on fait des montagnes avec ce qu'on peut. En général, on ne se méfiait pas de moi, parce que j'étais blonde. (Teinte, soit.) Même mon mari me donnait parfois l'impression de me considérer comme un objet décoratif et sans cervelle de trente-deux ans. Les événements récents en constituaient une preuve. Je m'en voulus de mon absence de prévoyance, qui commençait déjà à me coûter cher. Bientôt, à déca, déca et demi ? Je regardai passer trois paires d'yeux un peu hagardes et éblouies : vraisemblablement la queue d'un… eh bien, un G, pour n'en donner que la queue. Ou plus exactement, son lendemain. Je n'avais aucune idée de ce qui allait se passer ensuite.

49

Derrière la deuxième porte, un client était là. Les explications qui suivirent furent brèves et efficaces. Il avait le prénom du mauvais ange au front brûlant d'orfèvrerie, orné d'un noir lépidoptère. Il appartenait à celle dont les bavards en son sein faisaient mentir le surnom, sous la IIIe République. C'est une histoire personnelle qui avait motivé son déplacement. À l'heure du méfait, il n'avait rien perçu : cependant, l'agitation qui avait suivi, quelques heures après, l'avait éclairé sur la nature de l'événement. Il était disposé à tout faire pour aider mes recherches. Je le laissai échanger avec mon compagnon sur les détails de l'histoire, pour procéder à une vérification importante : oui, la vue était aussi indiscrète qu'ailleurs. Décidément, la version officielle des faits tenait. Mon employeur se verrait sans doute obligé de s'acquitter de son engagement, quoiqu'il lui en coûtât. Après que j'eus fini de recueillir les informations indispensables, nous nous séparâmes. Mon compagnon n'eut que le temps de faire, sans luxe de détails, les présentations avec la suivante, avant de s'éclipser, appelé subitement ailleurs par les devoirs de sa charge.

50

Alphard était bien sûr passé depuis longtemps. Je guettais Gamma, même si j'avais toutes les chances de ne le repérer qu'a posteriori. Ces scintillements noirs avaient quelque chose d'hypnotisant. Il fallait pourtant que je m'en arrache pour regarder par la fenêtre. Les lettres de la partie manquante auraient probablement pu composer le mot « pédale ». On se divertit comme on peut. Aucune distraction ne venait du côté de l'allée vers laquelle, en cas de nécessité, j'aurais pu faire comme tous les militaires désireux malgré tout de vivre jusqu'à cette étape (il y avait un passage). Plusieurs noms avaient déjà défilé dans mon esprit. Après Francis, Mariana ? Peut-être, à condition de chercher. Je me faisais de nouveau raconter une vie de famille aussi trépidante qu'insignifiante. Par moments, ça ressemblait beaucoup à une de mes sœurs. Un regard. Il aima de toute son ardeur. On me proposa une partie de ce jeu de plateau qui impliquait autrefois un chariot et un éléphant (et décidément, le chromatisme n'évoluait pas beaucoup) : je l'adorais, mais ç'aurait été au-dessus de mes forces. Je préférai raconter mes mésaventures dans une terre étrangère que je ne pouvais plus voir en peinture – alors que c'était difficilement évitable.

51

J'étais heureux de me dégourdir les jambes après une longue immobilité. J'avais marché tout droit, passant devant un établissement où le mot « révision » avait eu autrefois une résonance autrement plus dramatique qu'il n'en avait aujourd'hui entre ses murs. J'arrivai ainsi à un endroit dont le nom ressemblait plutôt à un jeu de mots (évoquant un contexte ou un décor bien différent), et c'était la meilleure des saisons pour en admirer les pensionnaires : pas seulement la star royale (et doublement, dans une ville avec un nom comme le sien), mais aussi la star hollywoodienne par excellence, ou encore la Red Star. C'était quand même autre chose que ce qu'on m'avait fait contempler hier. Mais c'est le nom de celle dont le château se trouvait cent kilomètres plus au sud que je cherchais vraiment. Il m'apparut un peu plus loin. Cette fois, j'eus plus de chance ; pas suffisamment cependant, car je ne tardai pas à apprendre que tous les exemplaires de ce que je désirais avaient été dispersés ou détruits. C'était la gamine la plus connue de Tardieu. Mon interlocuteur, qui était dans la même situation que le tristement célèbre quarteron, me parut surtout heureux d'y être, mais aussi du genre Alceste. Il va sans dire qu'il se défendit vigoureusement contre la moindre suggestion d'escroquerie.

52

Les bureaux de celle qu'on ne croyait jamais à temps n'étaient pas loin. Je compris alors que tout s'était passé sur le chemin du retour vers le château pour un Anglais. J'y entrai et obtins bientôt un entretien avec le directeur, qui avait le nom d'un célèbre *inspector*. Il me parut assez affecté. Il m'assura d'emblée que rien, dans les affaires de son partenaire, ne prêtait le flanc à la suspicion. « Quel genre… ? » fut la question qui se posa aussitôt à moi, au risque de m'embarrasser. Finalement, je pris une voie qui, sans trahir sa mémoire, ne risquait pas de provoquer une explication qui n'avait probablement pas été voulue. Il me confirma que rien, dans son attitude, n'avait paru indiquer la plus petite inquiétude sur les répercussions de son travail. J'eus également le loisir de me plonger dans ses rapports récents. Son champ d'activité avait été vaste ; récemment encore, ce n'était pas dans sa propre ville que ses activités s'étaient déployées. Il ne me restait qu'une chose à faire : me rendre à mon tour à l'endroit où ses pas auraient dû aboutir.

53

Ni mystérieuse ni jaune : elle était bleu gris, petite et sobre. Il était strict, avait-elle dit ; strict, et même un peu maniaque. C'était, systématiquement, la même chose que le général vendu (par Blanche) qui ne savait pas se servir d'une commode, avec cette addition que les compatriotes de Tesla ont introduite tambour battant. Elle changeait de couleur régulièrement : bleu pour celui de la Lune, vert pour celui de Mars. Il fallait les disposer la veille, et malheur à l'homonyme de la Sklodowska si elle commettait un impair ! (Cela me fit songer qu'on était le jour où le bleu horizon s'était substitué à la martiale garance.) Rien qui relevât de cette catégorie où s'étaient méchamment illustrés les frères de la sœur Philomène. Sur le chevet : une cousine de celle du roi Jacques (avec ce que mon ami étranger croyait être le petit du cygne, à la sortie du chevalier, oncle de la fameuse épistolière, lors de la Fronde) ; et *Dar*, de V. Sirin, en version française, entamé jusqu'à la page 73. On n'avait touché à rien depuis qu'il était parti. Je devais admettre que ce n'était pas une mission ordinaire ; mais je n'avais pas acquis ma petite réputation en refusant les défis.

54

Argus (pour rester dans le thème) avait été neutralisé. On n'avait pu recueillir aucune information importante aux environs ; car on était le lendemain d'un jour qui avait, pour beaucoup, permis d'aligner quatre pierres blanches et donc précieuses, ironiquement bien placées. Tout cela avait été mûrement concerté. Quel sacrilège avait été précisément commis ? Fort heureusement, on avait une photo à me montrer, que je considérai avec attention. Ce n'était pas le clair regard d'Hérodiade. Je me demandai s'il y avait quelque chose à voir avec l'amant d'Héphaistion. Une ellipse couleur de la mer, dont la disparition en avait apparemment fait perdre d'autres. Il avait résidé entre ces murs pour un mensonge complet de celle que chez la susnommée trahissait un bouquet. Chaque matin, une demi-heure avant l'ouverture, on lui faisait voir le jour, abrité derrière ce qui était pareil à l'homme qui se pénètre depuis l'extrémité du monde jusqu'à sa parole silencieuse, avec des mesures, bien entendu. Il regagnait son cachot fidèlement chaque soir, à dix-neuf heures trente. Ainsi en usaient-ils avec leurs hôtes les plus convoités.

55

Après les transports en commun, cinq minutes de marche seulement, et c'était un tout autre univers. Nous étions chez un Régent. La première partie, c'est vrai, me déçut ; des noms tels qu'Ingrid Bergman et Belle Époque, si affriolants qu'ils soient, ne m'aidaient pas toujours à comprendre ce que je voyais. Il faut dire aussi qu'un abandon entouré d'abandon, une tendresse touchant aux tendresses, de couleur rouge, ne me paraissait présenter qu'un pouvoir de fascination assez limité. Ce fut bien plus agréable de passer au-dessus du ciel où plusieurs personnes évoluaient lentement. Une éminence qui se laissait aisément aborder offrait des *vedute* de la ville, ce que je trouvai assez regrettable. Il y eut un intermède comique, lorsque les deux femmes qui étaient plusieurs mètres devant moi s'aperçurent de l'heure et entreprirent de rebrousser chemin de la façon la plus rapide et en même temps la plus digne possible, un apparent sigisbée à leurs trousses. En ce qui me concernait, aucune hâte semblable ne m'animait : d'abord, le risque était trop grand ; ensuite, je savais bien quelle devait être ma prochaine destination, et qu'un métro de plus ou de moins (et rien d'important ne pouvait se passer dans celui-là) ne ferait guère de différence. J'enchaînai la marron et la jaune.

56

Non loin d'un vénérable édenté, mais qui avait dû autrefois réjouir bien des cœurs, et d'une charmeuse qui était elle aussi du bois dont on fait les centenaires, on ouvrit une porte, et ce qui apparut me sembla de bon augure. D'après ma compagne, qui trouva rapidement une raison de ne pas le rester plus longtemps, tout était resté en place. Je reconnus assez vite des détours familiers ; seulement, pour ce qui m'attendait à l'intérieur, c'était une autre paire de manches. Mes instructions étaient très précises, et même trop à mon goût. La verdure ne tarda pas à m'environner, si bien qu'apercevoir un coin de ciel bleu était une source de soulagement. J'avais beau procéder de façon méthodique, je commençais à croire que ma carrière aller s'achever de cette façon, jusqu'à ce que je mette la main sur le métal si longtemps cherché. Je payai le tribut convenu. Il me fallait encore transporter mon butin jusqu'à la ville où un oiseau bavard et amateur de vers aurait mérité de s'entendre répondre ceux d'une plume qui avait pour prénom celui de L'Hermite – et comme leurs deux noms de famille allaient bien ensemble !

57

Jardinier, tes vers ne m'avaient jamais paru aussi précieux ! J'étais cependant arrivée à l'épuisement du stock. Mon luxueux cinq étoiles en avait déjà perdu deux. Mon nom de famille ne se prêtait pas vraiment à la recherche d'anagrammes (c'était celui du fin ciseleur de la pièce aux deux dalles identiques, au milieu de celui qui se présente comme un jardin décoré par la beauté – à condition de supprimer le fils) ; la seule que j'arrivais à faire avec mon prénom était anglais (*say oar*). J'allais me résoudre à faire venir mon amie. En face de moi, un peu en hauteur, des formes imprécises attirèrent mon attention. Un rassemblement humain ? Soudain, j'entendis du bruit. Un camion ? Il fallait s'attendre à du passage. Rien de bien alarmant a priori. Puis je me concentrai sur ce qui se passait devant moi. Deux points lumineux s'avançaient dans ma direction. Catégorie poids lourd, apparemment. Il y eut un claquement ; les lueurs avaient disparu : le nouvel arrivant s'immobilisa, parut scruter les environs avec inquiétude. Enfin il progressa de nouveau vers moi. J'espérais ne pas me faire repérer : j'avais une idée claire de ce qu'il y avait à craindre de ceux de son espèce. Son attitude confirma une intuition : une substance excitante était en jeu.

58

Étrangement, son image, qui m'avait hantée peu avant, ne vint pas me visiter quand je fus entrée. Un vrai complet, où l'on trouvait de multiples rayons de ce dont elle faisait son nectar. Un très discret drapeau aux couleurs du jasmin, du lys et du rhododendron était rangé dans un pot. Contrairement à mon habitude, j'eus des scrupules à examiner l'ensemble. (Mon père avait fui sa Brisée – et mal recollée – natale, où il était enseignant de français, à la première occasion. Jamais il n'avait parlé de son ancien pays à sa famille. C'est peut-être ce qui m'avait donné le goût de faire des recherches dans la vie des autres.) Je concentrai mon attention sur ce qui faisait office de… *well, I've said it now*, et qui comportait un agent de police britannique (la sœur m'avait donné le moyen de le faire parler), des ouvrages d'une matière tortueuse en dépit d'une promesse initiale, et bien sûr, tout ce que lisait le jeune prince noir d'Elsinor, en quantité très importante. J'espérais ardemment parvenir à une solution. Et pourtant, je savais que nombreux étaient les phénomènes de ce genre qui, hélas, demeuraient inexpliqués. *Memento Romy*. Je pris place et commençai ma tâche.

59

Rebelote ! Le ciel était chargé, et d'une couleur qui me parut terriblement peu engageante, avant que je n'aie droit à une vue plus réjouissante : pour une fois qu'un limier (autrement plus racé que moi) ne faisait pas dans la nature morte ! Puis je franchis un seuil, et ce fut une tout autre affaire : trois kilos de diams, de la perlouze, et puis du jonc – décidément, ça ne voulait pas partir ! Deux pigeons (au sens du maître des Eaux et Forêts de Château-Thierry, et bientôt peut-être, avec un autre sens), plus vivants que les volatiles précédents, admiraient. Elle posa tout d'un coup son doigt sur une vitre avec décision ; il parut un peu inquiet, surtout lorsqu'il vit arriver à grands pas vers eux quelqu'un qui avait attentivement surveillé leurs évolutions. Je ne voyais nulle part l'occasion d'exercer mon pouvoir magique : il était temps que je change d'air. Mais, vraiment, je n'aimais pas beaucoup le coin. La nature de mes pensées contribuait sans doute à m'assombrir, car quelqu'un allait forcément avoir des ennuis ; et ce serait soit moi, soit quelqu'un d'autre.

60

Peu avant d'arriver, je pris conscience à la fois du jour qu'on était et de l'objet que j'étais venu chercher, et ce rapprochement me fit rire. Tout cela commençait à ressembler au numéro du bore d'Astérix, ou bien au même d'Oury. Sans attendre, je m'en allai retrouver mon second, devenu mon premier, à proximité de la promenade de ceux auxquels les personnages du premier (ailleurs) et du second (là) avaient eu l'occasion de venir en aide, et donc également d'une baie nommée en l'honneur de ceux que j'étais théorickement appelé à commander (merci de ne pas oublier mon tréma). Je fus invité à examiner les pièces : on était en effet chez celle qui avait fait des tartes, et je découvrais cette fois l'endroit sous un autre angle. Clairement, elle avait donné lieu à deux inspirations différentes. Il ne me restait plus qu'à me mettre en quête de l'ancien dernier, qui venait à son tour de prendre du galon. Ma prochaine destination était à une cinquantaine de kilomètres de la ville dont mon héros portait le nom – mon héros, en tout cas, sous la plume du mari de Gérard.

61

Elle me quitta bientôt, ayant son propre objectif à accomplir. Je me faufilai, par une porte-fenêtre restée entrouverte, sans doute à cause de la chaleur, dans la bibliothèque. Qu'est-ce que… ah ! Une bibliothèque. La hache tournoie dans l'air… Heureusement, l'unique occupant ronflait sur un fauteuil. Il avait l'air vieux, mais quelque chose me disait que c'était un esprit vif, dont il fallait se méfier : entre ses mains, la potence (on me l'avait expliqué) était remplie. Malgré moi, je me mis à repenser aux derniers mots de Conrad. J'avais vu l'entrebâillement de la chemise ; l'occasion était trop belle : il fallait que je vérifie. Je m'approchai le plus silencieusement possible, écartant les battants d'un doigt tremblant. Prendre un risque, est-ce toujours déraisonnable ? Ce que je voyais était sûrement une belle idée de sujet, et le tracé à l'encre m'était familier ; mais ce n'était pas ce que je cherchais. Des bruits de voix me parvenaient ; il était question d'un frère qui avait eu beaucoup de points. N'importe : je ne devais pas rester ici.

62

L'heure s'expliquait par un problème de pneu. Il me questionna, mais j'éprouvais une certaine contrariété et préférai demeurer dans le vague à ce stade. Son émotion était telle que j'eus droit à des redites. Si ce qui avait disparu avec le disparu (une dizaine de jours plus tôt) n'était pas retrouvé, ce qui reliait François Villon et l'employeur de mon collègue Valiant demeurerait hors d'atteinte, et pas seulement cela. Le jour de son arrivée (comme pour le duc de Néopatrie) n'avait apporté aucune résolution ; pareil pour celui de la parente dont il raffolait (le premier favardin 1380), et qui tenait son nom de la petite fille d'un autre milieu. Quel malheur qu'il eût toujours gardé le sextet pour lui ! On savait seulement qu'il en prenait un autre, chaque jour de la ferveur de la perle vierge à l'œuf cuit. Je le laissai s'épancher, questionnai à mon tour, puis le laissai s'installer à l'écart, auprès de l'autre. Il me fallait revenir à ma tâche. Elle ne m'effrayait toujours pas. Jamais je n'aurais choisi mon métier sans celle qui avait emporté le Cornish Rex – et qui, me concernant, avait toujours été intarissable.

63

Il y avait eu, de son côté à lui, un fils d'un premier mariage, qui travaillait à un quart d'heure de marche de chez eux. C'était le mois qui rit dans les branches lascives (mais moi, je parle du lendemain). Durant la délicieuse promenade – qui me fit passer près du temple de celle dont le nom inspira un poète français (qui en avait, lui, un d'espagnol) pour un baptême national –, je profitai aussi de deux réseaux à la fois pour amasser quelques informations. Il n'y avait, semblait-il, qu'un seul coffre de vide ; mais on en avait déjà vu céder à la tentation pour moins que cela. De toute façon, je n'avais pas d'obligation de résultats. Parfois, je me bornais à dire que, oui, ce qu'on nous avait raconté était possible : et cette réponse-là en valait bien une autre. Le local filial était situé dans un triste sous-sol, dont les murs avaient la couleur de Lélian quand sonnait l'horloge pendant la saison de la mélancolie, et assez pauvrement orné de vases contenant, non le règne attendu, mais d'autres sujets (et je comprenais qu'on pût être malheureux comme eux, ou plutôt comme elles), aux teintes le plus souvent de la couleur de la chère chanson du pauvre susdit. Je préférais les harmonies d'azur et d'or.

64

L'endroit, comme il fallait s'y attendre, n'était pas très fréquenté. Il y avait sans doute une plus grande animation sous nos pieds. « Animation » était d'ailleurs un bon terme. En tout cas, le climax ne se produirait sans doute pas avant ce soir. Micheline avait retrouvé un homme : les choses commençaient à prendre une tournure intrigante. Ils se tenaient non loin de pacifiques bohémiens et d'un Iranien en fer. Ils s'embrassèrent sur la joue, puis elle lui remit une enveloppe, que son interlocuteur, en jogging noir et âgé d'environ une vingtaine d'années, empocha avec reconnaissance. Je commençais à comprendre l'intérêt qu'on pouvait trouver à poursuivre ce genre d'activité. Il y eut alors un second échange, mais mes compétences en suppléance mentale étaient faibles. Devais-je me mettre à prendre des notes ? Cela aurait eu l'indéniable mérite de me donner l'air inspiré. Car je feignais de considérer le courant bleu et vert avec la plus grande attention ; j'avais fait tout mon possible pour me rapprocher discrètement. Mon ombre était toujours dans mon dos.

65

La nouvelle était bien parvenue jusqu'à moi, mais, à cause du travail, je n'avais pu revenir qu'au temps original des indiscrétions d'Hercule Poirot. J'étais loin de penser que ce serait dans mon bureau du côté des Cévennes que je rencontrerais, pour la première fois, celle qu'était Catherine (la première) pour Earnshaw (le second). Elle ne me cacha pas que les auteurs du message dans une bouteille (et qui avaient aussi quelque peu réécrit la plus précieuse des héroïnes de Rostand) avaient été certains de leur fait : cela avait tout simplement fait partie des choses qui arrivaient. Pourquoi ne pas avoir pensé à ce qui était presque parfait chez sir Alf ? Son travail avait bien attiré l'attention sur quelques noms, mais rien de probant n'était jusque-là sorti de l'ombre. Pensait-elle néanmoins que quelque chose avait été oublié ? Elle pensait surtout que son intuition l'incitait à venir me trouver, moi qui avais fait partie de ses connaissances ; et elle savait qu'entre nous deux, la confiance était réciproque. Elle hésita, et j'eus le sentiment qu'elle me cachait quelque chose.

66

Après leur réunion, les deux amies prirent leur dose d'excitant dans un jardin, à mon nom, bien sûr. Ce qui rendait cette histoire peu banale, c'est que quelqu'un – il avait les initiales de la Rosa Parks canadienne – s'était posé des questions sur celui qu'il avait chargé de lui découvrir toute l'étendue de son infortune, comme on disait autrefois. En effet, il craignait qu'il ait été arrosé. Le desservant de saint Gangolf d'Avallon en puissance aurait voulu savoir s'il avait été doublé à répétition : donc il en chargea un second spécimen – dont il fit une seconde, pour plus de sûreté, croyait-il sûrement dans sa traditionnelle naïveté – de garder un œil sur le premier, et sur l'origine de toutes ces interrogations. Double filature ! J'avais bien dit au fidèle fidèle qu'une transaction clandestine n'aurait sans doute pas laissé de traces, ou alors le premier n'était pas le premier. Mais lui pensait qu'un week-end qu'elle passerait loin de chez eux, et peut-être même dans un endroit qui n'était pas celui qu'elle lui avait annonçé (sur ce point, il avait tort), pourrait mener tous les manèges à découvert. Ce qui était tout à fait recevable. Nous roulâmes – une marron, cette fois – en direction de la tour. Niveau tourisme, j'étais servie.

67

C'était la première fois que je me trouvais face à face avec David. Nous nous considérâmes brièvement, et en silence. Mon opinion était faite : non, décidément, Hélène n'était pas digne de lui, et pas davantage celui pour qui elle avait les yeux de Chimène. Mais ce que je pensais de ceux que j'étais amené à croiser dans mon travail n'avait aucune importance. Je m'éloignai, un peu surpris de voir, parmi celles qui étaient allongées, une femme qui aurait clairement eu besoin d'un avis médical. Je pris tout de même des renseignements au passage ; j'appris même que je partageais un prénom avec le responsable de cette horreur (ici, le troisième ; en Scandinavie, cela correspondait aussi au premier dans une série de sept, et, en Terre de Feu, au dernier). Plus loin, j'aperçus un sacré jeu de mots (un récipient infaillible !). À cet endroit, les visiteurs se faisaient plus rares. Bientôt j'émergeai sur un palier, sans compagnie ou presque, et la seule chose, à ma honte, qui me traversa l'esprit, c'était : est-ce que j'avais bien pensé à rentrer ma voiture au garage ?

68

Je regrettais seulement la double occasion manquée d'aller rendre visite à ce qui n'était, protocolairement parlant, qu'un cran au-dessous de la forteresse d'une certaine ville, et de passer par un pont possiblement moins entraînant que celui de ladite ville, mais qui avait son intérêt. Quand j'eus fait ce qu'on a coutume de faire en pareille situation, absolument rien ne se passa. Heureusement, je pus rencontrer la dame Pinson locale : elle se montra d'abord quelque peu farouche, mais je parvins à l'apprivoiser. (Un plaisir récent, même traversé de couacs, avait manifestement déteint sur mon esprit – certes, croisé avec une réminiscence dans un autre genre littéraire.) Volontés, finances furent les composantes de mon discours. La suggestion avait infiniment plus de puissance que la clarté. Tiens, une coïncidence animalière : on allait me parler de migration saisonnière, et plutôt au rebours de la loi commune. Par malheur, on tenait à sa tranquillité. Je n'ai que ça à vous donner. Or, je voulais remplir ma mission au plus vite, et ne souhaitais pas m'en remettre à ce qui passe avec une simplicité proverbiale.

69

Elle parut très frappée d'apprendre quel était mon métier. Je m'enquis de son nom de famille (une donne bouleversée) et de son prénom (une charmante évocation mythologique, et, au XXe siècle particulièrement, poétique) ; elle me montra même sa carte d'identité – sur laquelle elle n'était pas blonde comme maintenant. Étais-je avec la police ? Puisqu'on me posait la question directement, j'admis que non. Mais alors, pourquoi... Et je répondis d'un air mystérieux : pour vous, c'est une affaire de famille. (Ce qui était, d'une certaine façon, la vérité.) Elle avait manifestement fait ce que faisait le deuxième des poètes maudits quand une balle le manqua ; et elle espérait que je ne m'opposerais pas à ses intentions, qui étaient évidentes. Je lui assurai que non. Le moment était venu de faire le point. La démarche n'avait nullement été vaine. L'instant d'après, j'avais de nouveau face à moi – enfin, pas tout à fait de face – la même imposante présence que j'avais déjà pu admirer deux fois. Je ne courais pas après un responsable (d'autres allaient sans doute le faire à ma place) ; seulement après l'établissement d'une possibilité. Et le tout, songeai-je, faute de ce qui aurait, comme il se doit, caché la scène d'une si évitable disparition d'étoiles !

70

Le long vaisseau sans voile était parfaitement désert, et en tentant de sonder son obscurité, je ne pus m'empêcher de frissonner à la pensée du crime dont le fils d'un ours avait fait le quart, et qui avait eu un pareil lieu pour théâtre. Comme on avait placé une partie du mobilier sur le côté, j'avais toute liberté, en attendant, pour parcourir le tracé noir et sinueux, jusqu'à l'endroit souhaité : gloire aux architectes ! Mais le flamboiement d'un beau bleu avait couru sur la pierre, et voilà que je me faisais familièrement réprimander par Marie (si je puis dire). La conclusion s'imposait : certaines leçons des *Géorgiques* étaient toujours d'actualité. Et décidément, songeai-je, souriante, la méditation devant un labyrinthe n'était pas l'apanage du philosophe. Mais aussi, quelle triste ville ! Rien de bon ne devait arriver ici (la preuve : un Jules, issu de mon temps de prédilection, mais qui m'avait toujours exaspéré – et, avant lui, Manon !). Et d'ailleurs, à ce propos… c'était le cas du poulain (gnési Barnabé). Je partis sans un regret pour le son et lumière que je ne verrais pas. Il ne me restait plus qu'à contacter mon espoir suivant.

71

Je me rapprochai d'une ouverture. J'entendis sa voix, demandant à quelqu'un qui venait d'arriver où était son frère. Mon sang se figea dans mes veines. Mais je fus aussitôt tranquillisé par la réponse : il était dans le champ, au bout. Bon ! Je me disais qu'il ne risquait pas de me surprendre. Toutefois, j'attendis encore un instant, ayant dans l'idée qu'une autre personne allait faire un commentaire. Mais non. (Oh ! C'était vraiment la meilleure !...) Je reçus cependant une mise en garde : on serait sûr de le voir arriver à tel moment précis ; sinon, on irait le chercher. Tout devait donc être terminé d'ici là. Au moment où il fut question de l'épave que personne n'avait jamais ôtée, je sus que je n'entendrais rien de plus d'intéressant. Il y avait, sur une table, des livres, des journaux et des papiers. J'aurais pu les parcourir, à la recherche d'informations, mais c'était sûr qu'ils me feraient perdre du temps. Je savais que le plus important était ailleurs. Ma destination n'était d'ailleurs plus très loin. Soudain, je m'immobilisai. Mes jumelles ! j'avais complètement oublié de les utiliser. Eh bien, tant pis, c'était trop tard.

72

Dans la réalité, les pattes n'étaient probablement pas en aussi grand nombre que les nuits expertement mises à profit par l'épouse de celui que j'avais beaucoup aimé retrouver – et elle aussi – dans un des livres de mon magicien et logicien préféré. Mais peut-être le compte y était-il (ah, ah), si l'un de ces travailleurs en avait perdu une. C'est le changement de luminosité (je distinguais davantage encore les deux affiches déchirées en face de moi) qui m'avait permis de les apercevoir. Au point où j'en étais, peut-être devais-je donner un nom à quelques individus qui passaient. Le métier de mon père et les quelques connaissances qu'il m'avait transmises allaient un peu m'y aider. Je ne suis pas un homme sain d'esprit. Décidément, D. se faisait attendre. On m'avait bien dit qu'il avait la *jettatura*, et je craignais que la portée n'en soit extensible : j'avais possiblement à son sujet une idée qui était une calomnie, et du même coup, cela finirait pour moi par cette créature qui avait assassiné son prédateur à Morte Fontaine. Tout était imprécis dans cette histoire, à commencer par le terrain, envahi par les bêtes. L'expression qui s'imposait était : « état d'abandon manifeste ».

73

Les bruits nous l'ont décrit. Et d'ailleurs… D'une façon exacte. J'ai une nouvelle à lui apprendre. Il était trop tard pour se caser autre part. Je suis apprivoisé ! La piste était prometteuse. Ce papillon s'appelle un Mars. Il fallait saisir l'occasion qui s'offrait. Tout devait être réglé au plus vite. Mais parce qu'il vient en juillet ! Tu ne me crois pas ? C'est très facile à faire. Écoute-moi bien. On prend un W. Tu me suis ? C'est très facile à faire. Mince ! Qu'on met sur un Y. Pour comprendre la situation, deux indices suffisaient. La Biche-au-Bois-dormant. Misère ! une faute. Tout d'abord, le client s'était contredit lui-même. Maudite pie ! Coucou ! Ensuite, l'examen du lieu de l'accident m'avait convaincu d'une chose. Au-dessus du fusil (voilà de quoi donner des idées) et de la limousine (quésaco ?). C'est que ce n'en était pas un. Mon, ton, son, notre, votre. Ah ! oui. Cali. Comment elle s'appelle ? Cali ? Ah, d'accord. Cali… Non ! Cali… Et il lui est arrivé quoi ? Gu ? Non ! Je te jure, il y a des fois où je me dis qu'il faudrait rétablir la peine de mort. Eh bien, j'étais entièrement de cet avis. Gu… Gula !

74

Elle portait un casque (une précaution judicieuse contre plusieurs sortes d'embêtements). Non loin d'elle se trouvait un jeune homme, qui éprouva l'envie soudaine, j'en suis sûr, de lui dire viens, c'est le dessein de ton destin. Et… Ah, tiens, elle aurait aussi répondu oui, ce qui aurait pu l'arranger, parce que c'était son cas à lui aussi. Pour me conformer à ma mission, je lui emboîtai le pas, à elle. Il aurait couru le risque de devenir gênant, mais heureusement, avant même qu'elle le remarquât, il obéit à un signe et disparut. Bientôt, elle et moi prenions congé d'un botaniste, je crois, qui nous avait fait voir des hauts et des bas : à la fin, ce n'était presque plus de mon âge. Elle avait retrouvé une amie qui était restauratrice, et s'était assise à côté d'elle quelques instants plus tard. Indiscret de ma part, me direz-vous. Peut-être ; mais de toute façon, est-ce que je pouvais m'empêcher d'entendre ? Comme ça se mit à parler art, mon attention s'aiguisa : mais cela ne pouvait pas vraiment m'arracher à la gloomitude ambiante (comme aurait dit ma nièce).

75

Dans les étages inférieurs, on rencontrait, outre les inévitables, un certain nombre de confidents assez maigres, tout prêts à s'ouvrir, en quelques propos brefs, sur le résultat d'entretiens, de recherches (car il nourrissait activement ses passions) et de méditations, quelquefois énigmatiques : ici, Scriabine ; là, BONBeC. Il avait en horreur la turpitude morale, sous toutes ses formes ; il avait juré que, parmi ce qu'il avait en commun avec les Marx et les derniers-nés de Dostoïevski (sans les partager toutefois !), celui dont la femme avait souffert du même mal que celle qui l'avait hérité de ses parents, étant elle-même la quatrième nièce de la mère du beau-frère du docteur Pascal, et qui n'avait rien fait pour l'aider, connaîtrait ses volontés à l'heure où elles importeraient le plus. Toute la famille savait de quoi, en pareil cas, il était capable. Au contraire, il rendait volontiers service à ceux qui ne lui semblaient pas indignes ; ce qui lui était d'autant plus facile qu'il avait vécu en suivant le mot d'ordre sous la Poire, et sans aucun lardon.

76

Quel coup de poignard ! Au moins, je ne pourrais pas dire « dans le dos », puisque j'avais vu le gêneur en face. Quoiqu'on ne m'eût pas averti d'avoir à me méfier d'elle, j'avais été plus habile que l'autre à la même date. (Où étaient *mes* lauriers ?) Je savais même d'où le coup partait. Je suppose que si je compris si vite, c'est parce que lui et moi partagions la même imagination romanesque. Voilà tout mon épithalame. Et puis, l'air parfaitement indifférent supposait une attention moins particulière que professionnelle. En sortant à toute vitesse de la boutique, je faillis me heurter à lui (il me faisait penser à l'oncle Victor) ; puis je le revis dans une vitrine. Le doute n'était plus permis. En l'honneur d'oncle Victor, je renonçai à mes plans pour la suite de la journée : après tout, ils ne le concernaient pas. Je pouvais encore envoyer librement un texto. C'est alors que se posa la question tragique par excellence : que faire ? Et en attendant que je trouve la réponse, comment lui faire passer le temps ? En levant les yeux, j'avisai une plaque avec le nom du deuxième des premiers venus (canonique et canonisé) : c'est la direction que je pris.

77

C'était résolument une possibilité à rayer de ma liste. J'empruntai de nouveau ce qui, dérobé, avait fait dramatiquement scandale pendant l'hiver de 1830, au nom de la liberté. Tâchant d'ignorer les regards peu amènes – entre mes doigts, nulle transparence, et donc, sur eux, point de cloison de grenade future –, je vins alors à songer que, en cette période de l'année, l'ennemi (de l'ennemie) de la vierge qui n'était plus, alors, à soi-même enlacée venait assez tôt. C'était un facteur à prendre en compte : car le dieu était enfoncé si loin dans son sanctuaire qu'il était indispensable de recevoir le secours de la fée des autres années trente, l'Iris du banc d'optique. Revenu d'où j'avais fait mon choix, je pris le second (qui était en fait, dans ma pensée, le premier) ; il était en fait du deuxième, et même du troisième ordre. Je me présentai à la réception ; à peine avais-je annoncé mon nom que la dame, probablement accoutumée à en voir de tous les cardinaux, me félicita pour mon accent, avant de me demander si j'étais un ressortissant de cette nation exotique qui inspira Degas ou Van Gogh.

78

Elle allait devant moi, placidement, rêveusement. Cette vision, étrangement, eut, dans un premier temps, le pouvoir de m'apaiser, en dépit de toutes les interrogations qu'elle suscitait – ou plutôt, qui en étaient à l'origine. J'ai des collègues qui, en pareille situation, ne jurent que par la méthode qui consiste à porter d'abord des couleurs voyantes, puis ternes ou sombres ; mais ici, seul ce dernier cas m'eût paru approprié. Nous passâmes non loin des lieux qui avaient accueilli un géant dans son domaine (il avait d'ailleurs inspiré le nom d'un bistrot que j'avais visité, à proximité). Il y eut encore des pierres saintes. Mais je ne la quittai ni de la pensée ni du regard. C'était sans doute ce qu'il était convenu d'appeler une belle personne : comme j'aurais aimé qu'elle se retourne, afin de voir son visage, et que ma présence suscite un signe de sa part !... Mais je devais cesser de divaguer. Lorsque, en traversant un boulevard, j'aperçus plus haut ce qui n'était pas, ici, un roman de Claude Simon, avec ses yeux jaunes, je ne pus me défendre d'un serrement de cœur. Jamais auparavant je n'avais été sensible à sa puissance, digne d'un Astérion.

79

Malgré le nom du lieu, il faisait sombre, et toute discussion était impossible. Je m'étais habillée pour la circonstance. Je conservai toute ma lucidité ; habitude professionnelle oblige, je savais qu'un rapport détaillé s'ensuivrait. Et puis, c'était aussi une question de loyauté. C'était ainsi depuis une occasion mémorable qui s'était achevée par une récitation qui était allée jusqu'à nourrir les racines de la vie – de sa part à elle. Faute de pouvoir vraiment diviser mon attention, je me concentrai sur le premier rôle. Beaucoup plus tard, les deux figurants ayant dû s'absenter en même temps (un bol extraordinaire), je le rejoignis ; il était à une bien autre hauteur que moi, mais ce ne fut pas un problème. Ce type de prise, ce n'était pas vraiment mon genre. C'était uniquement pour son bien (je ne suis pas quelqu'un de méchant). Il fut un peu emprunté. Je savais le code, j'en appris assez : pas de trace de quoi que ce soit entre Hélène et Paris. (C'était prévisible. On ne m'avait pas demandé de chercher autre chose.) Les heures à venir m'inspiraient peu d'inquiétude ; je n'avais sûrement fait grande impression sur personne. Mais il me tardait de rentrer : je me languissais d'Éléonore.

80

Dès que je dus me mettre à l'ouvrage, j'entendis la même musique que tout à l'heure. Alors, monsieur l'ingénieur, me dis-je, qu'est-ce que vous prétendez nous cacher ? On l'avait en effet vu s'enfermer un certain nombre de fois, sans autoriser qu'on le suive ou le dérange. Sa femme était au courant (hum, cela contredisait ce que je m'étais rappelé plus tôt… Ça m'embêtait. J'aimais que les choses soient cohérentes.). J'avais ouvert un truc, et voulus aller plus loin ; mais on me demanda un mot de passe, et je fus obligé de renoncer. Je pensai que j'avais de la chance que ma tentative n'ait déclenché aucune alarme. Horizontalement, le butin était maigre, sauf si on comptait une sorte de longue lame de bois avec une poignée qui pouvait servir d'arme à l'occasion. Il allait falloir que j'attaque le problème par une autre dimension. L'assaut, c'est vrai, n'eut rien de difficile, et j'eus bientôt entre les mains un tas de feuilles assez épais. Sur la première, il y avait une inscription, suivie d'« I.P. » ou de « T.P. » Cela ne pouvait vouloir dire qu'une chose.

81

C'était, plus exactement, ce que sa présence aurait dû rendre invisible. Le mot qui s'imposait était celui qui avait convenu, mais avec un autre sens, aux rapaces partis du nid mortuaire où ils étaient nés. La chose s'était révélée peu de jours auparavant. Le « presque » d'une création d'Alfred le Grand n'avait pas lieu d'être. Nulle effraction à proprement parler, et la victime pouvait être accusée d'étourderie. En tout cas, cet ouvrage, commencé par son mari –, avant qu'elle n'ait, si j'ose dire, marché dans ses traces – ne pouvait pas subir le sort du premier homme (oui, par le même qui avait envoyé la peste dévaster l'Afrique du Nord) et de la tour de Babel. Et l'image qui te possède te fait survivre dans l'insomnie et dans l'angoisse. Naturellement, impossible de s'en procurer un exemplaire à l'identique ; celui-là était déjà ancien, seulement il n'avait jamais servi auparavant. Elle joua des bras et bientôt put me tendre de précieuses indications sur l'entreprise à contacter. Ses efforts à elles : une persane ou écarlate, comme sa moitié. Pour la suite, c'était à moi d'entrer en scène.

82

Plus je m'enfonçais, plus j'allais à contre-courant. Ce qui était assez logique : la voie semblait sans issue – à moins d'avoir des relations. Je fus un peu surpris d'apercevoir un philosophe dans les parages (celui de la casserole, croyais-je au temps où je ne comprenais pas grand-chose) ; mais pas du tout d'apprendre que Diane se reposait. C'est alors que les environs devinrent franchement déplaisants : un portefeuille où pullulaient les Armand sans baskets ; un champ de navets, et puis la ratichonnerie qui allait avec, et sous le crépuscule, naturellement. Atmosphérique à souhait. Très vite, j'aperçus la porte verte qu'on m'avait indiquée. Les environs étaient déserts. Usant de mon passe-partout, j'entrai sans crier gare. En ce qui me concernait, c'était la fin de la plus longue, mais aussi de la plus décevante partie de cache-cache de ma vie. Ce n'était pas exactement le centre des opérations, mais pas loin. On me dévisagea avec stupeur. J'attendais ça depuis longtemps. Je brandis ma carte, en m'assurant qu'elle était bien visible, et, assez content de mon effet, un petit sourire aux lèvres, déclarai : Les gars, vous êtes dans les ennuis jusqu'au cou.

83

Plus haut, le maître de l'Olympe, blanc, était à présent devant moi ; on l'avait respecté, lui, mais non ses possessions. Mercure était représenté en ces lieux sous deux espèces, l'une faste, l'autre néfaste. Quant à ceux qui avaient, cette fois, reçu une visite tout autre que la leur, ils observaient mes moindres faits et gestes : signe d'une innocence douloureuse… ou d'une culpabilité inquiète. Pour agir au mieux dans l'intérêt de mes employeurs (qui avaient le sens de l'humour), je devais entretenir également ces deux possibilités, jusqu'à ce que survienne une preuve cruciale. Comme il était étrange, songeai-je, que dans ce temple des étoiles enchâssées, du mariage entre le métal, l'eau et le feu, l'obscurité ait enveloppé un crime sur lequel toute la lumière devait être faite !... En tout cas, le travail avait apparemment été rapide, efficace et sélectif. Ni bibelot aboli ni inanité sonore, à en croire les deux personnes que je commençais à interroger, et aux yeux desquelles je ne servais qu'en tant qu'auxiliaire de ceux qui m'avaient aimablement permis de jeter un œil à la plupart des indices qu'ils avaient réunis le matin même.

84

D'un bond, j'y étais. Normalement, c'est la cliente qui aurait dû se déplacer, mais à qui la faute ? Il n'y avait pas moyen de faire autrement, et depuis le temps que je signalais au Chef notre illégalité en la matière ! Ma première impression : l'âge nouille, très chic. Elle vint m'ouvrir, très formelle, très cérémonielle, m'appelant sans arrêt « monsieur » suivi du nom de famille. (Le même que Minerva : en avais-je de la chance !) La raison de mon déplacement, assez peu commune, avait subi le même sort que le maître de maison il y a peu – à moins qu'il n'y ait eu malversation dès l'origine. Je vous précède : vous allez constater la situation par vous-même. Ce que je voyais m'incitait à croire qu'on avait volontiers sacrifié à ce qu'on avait promis d'envoyer se coucher (la première et la seule fois que le *Boléro* de Ravel avait comiquement servi pour un programme électoral). J'aurais même parié que celui qui voulait être enterré à la plage de Sète n'aurait rien eu à se mettre sous la dent pour un de ses titres ; avec ça que je n'ai jamais rencontré de chat botté, et qu'il n'y aurait certainement aucune prétention à un premier errement.

85

C'était une mise en abyme fascinante, et je regrettais presque qu'il n'y ait que moi qui puisse en jouir. Par moments, c'était plutôt le côté insolite de la situation qui ressortait, et malgré tout l'enjeu en ce qui me concernait, je devais me retenir pour ne pas éclater de rire. Cette partie à trois que nous jouions était une situation hors du commun – car, bien sûr, le soupçon fait chair, lesté d'un peu moins de métal, s'était joint à nous. Faudrait-il que j'en remercie mon mari, Vincent ? Non, sans doute pas. D'autant que, malgré tous mes efforts, ou plutôt à cause d'eux, la personne qui tenait son rôle avec le moins d'aisance et de naturel était incontestablement moi. Je tâchai de garder mon attention concentrée sur le dos qui se balançait devant moi (en cadence, belle d'abandon), tout en faisant en sorte que ça ne se voie pas. Je finis par me dire que je ne m'en sortais pas si mal et que c'était une compétence que je pourrais ajouter à mon C.V. La rue des Halles finit par apparaître.

86

Pour la suite du programme, on marcha jusqu'au centre, non loin du fleuve, plus précisément à proximité d'un monument érigé pour le patron d'Éluard et de Picasso. Les visites étaient spectaculaires, paraissait-il, Seigneur, à l'heure où de tes profondeurs affleure l'ordre sonnant des astres. C'était tout près d'une galerie d'art. L'endroit n'avait sans doute pas été choisi au hasard, car l'amie travaillait dans la restauration. C'était la première fois que l'une de mes enquêtes concernait un collègue. Je songeai que, dans d'autres circonstances, il m'aurait sans doute été sympathique ; ça venait probablement du fait que son prénom était à la fois le commencement de celui de mon poète préféré et les trois septièmes de celui de la personne que j'avais élue pour son visage d'orient aux deux étoiles de diamant ; et son nom de famille, une capitale que j'aimais bien. Soudain, je vis quelque chose qui m'interpella ; jusque-là, c'était les Lijadu Sisters, et d'un coup, on pouvait refaire The Supremes. J'étais de l'autre côté de la rue, mais j'appuyai sur un bouton. Puis je finis par comprendre que ça concernait l'amie, qui eut tôt fait de se débarrasser du problème, qu'elle connaissait bien.

87

J'avais dédaigné le concours du paternoster moderne, et fus un peu amené à le regretter. Je croisai lentement deux individus qui quittaient les lieux. Ils auraient pu rivaliser avec Simpson et Victoria ; à plus forte raison par une nuit plutôt nocturne. Des huiles, et encore des huiles. J'avais toujours trouvé leurs histoires de famille compliquées. À l'une ou l'autre façon, pour moi c'était la même salade. J'entendis soudain la voix de la moitié d'un bon bateau (et il avait fait beau !) : pourquoi tu t'embêtes ? Je me mis à accélérer le pas. Enfin je l'avais rejointe, cette célébrité locale ; seulement, j'avais l'esprit occupé par une question incongrue : quel est le nom de la femelle de l'*Aptenodytes forsteri* ? (Réponse un peu russe cette fois : je la vis demi-nue. Quel mélo !) Je la quittai pour passer chez Diane. La maîtresse de céans, si c'était bien elle – outre les confusions toujours possibles, l'identification n'est pas mon fort, ce qui est certes un problème dans mon métier –, n'était pas ici ; il me semblait l'avoir aperçue peu de temps auparavant. L'ambiance était un rien lugubre, au milieu des inscriptions funèbres qu'on ne pouvait pas toujours très bien lire. Un autre me prit sous son aile.

88

C'était l'heure du crime sur un réveil mécanique. Le lapin, je veux parler de celui qui était encore vivant (et il y en avait eu quasiment trois dans cette histoire), avait eu une trajectoire opposée à celle d'Anakin. Un peu plus haut, deux, sur les trois, avaient subi le même sort. Je n'avais presque plus de doute : on m'en avait refilé un percé. Ailleurs dans le monde, il se passait des choses bien plus intéressantes. Une nouvelle version de la créature qui avait guidé la princesse de l'amant de Châtelet avait bien atteint le nord qu'on voulait : c'était mon père qui me l'apprendrait, très excité par l'événement, qu'il avait su très tôt. Peut-être bien que j'aurais dû me consacrer à d'autres affaires. Maxime s'était vanté hier encore, par téléphone, d'avoir réussi à prouver qu'un type (que je me représentais portant un blouson de cuir noir, avec, sur le dos, la bête noire elle aussi, mais chez un volatile différent, qui chantait jusque dans les *sixties*) avait essayé d'escroquer des héritiers de la *nautika* grâce à une mise en scène.

89

Je n'avais pas vraiment l'habitude d'agir ainsi, mais il nous fallait obtenir les renseignements le plus vite possible. Nous nous approchâmes des haies avec précaution. Pas de chien : ça aurait compliqué inutilement les choses. Cependant, je ne partageai pas cette pensée avec ma collaboratrice et agis comme si je m'attendais à en voir un débarquer à tout instant. À travers les haies, on apercevait trois personnes sur la pelouse. Il y en avait une que je ne distinguais pas bien, mais j'entendis quelqu'un – c'était sûrement sa femme, l'enseignante – l'appeler par son prénom. Ainsi, c'était bien lui. (Je songeai d'un coup, je ne sais pas pourquoi, que la suite de l'écoulement était un synonyme de « redonne ».) Une vieille dame se trouvait avec eux ; elle tricotait. J'écoutai un instant la conversation, qui tournait autour de couleurs et de motifs sur des maillots. Quelques objets suggéraient que les enfants du couple étaient dans les parages ; mais je ne pensai pas à m'en inquiéter. (Je devais m'en vouloir plus tard. J'avais encore beaucoup à apprendre.) Soudain, je vis la main de la vieille dame s'agiter, et mon sang ne fit qu'un tour.

90

Ici, les parades contre sa malédiction périodique emplissaient tout l'espace étroit. Un auxiliaire d'Ixtlilton, issu de la belle dame parfois sans merci, antagoniste d'Hercule (dans un de ses travaux) et de Jane (pour elle, c'était le *Zeus faber*), brillait par sa quasi-absence. Quelqu'un était arrivé et voulait me parler : non celui qui m'avait mandée, mais quelqu'un qui avait avec lui la relation de Machin, et qui avait le nom d'une maîtresse chasseresse, aussi bien à Rome qu'à Fontainebleau. Patronyme ? Le même que celui du disparu. J'avais en horreur les interruptions, et pris d'abord le temps de ressaisir mes esprits. Je poussai une porte. Aucune méprise possible, mes initiales étant bien visibles (la moitié de l'heure du crime chez Néron – en tout cas, c'est ainsi que je voyais les choses), brodées au revers de ma veste : une coquetterie que je me passe lorsque je n'ai pas à travestir mon identité. Celle qui me dévisageait avait la quarantaine, des cheveux bruns et frisés, des traits aigus, et une caractéristique partagée avec le Turc de Van, qui attirait forcément l'attention (clair et clair). Elle avait surtout un air très assuré. C'est parti, songeai-je.

91

Je m'arrêtai d'abord à l'établissement du coin. Il me fallut un moment avant de parler avec le responsable. Bien sûr, il fut surpris par ma question. Il répondit néanmoins : depuis un ciel d'azur et de lumière, et rien de vert ; à l'heure de la troisième promenade sur les rochers de notre plus grand poète, hélas. Invariablement ? Invariablement : c'était écrit sur la porte. Je le quittai avec empressement. De l'autre côté de la rue, j'aperçus les deux yeux grands ouverts et tout illuminés ; ceux qui faisaient commerce d'étoiles et d'ellipses étaient chez eux. Ensuite, j'entrai à côté. Je dus renouveler ma requête, mais précisai que cela ne pourrait que bénéficier à la réputation du lieu. Elle me fut accordée. Seulement, je demandai l'indépendance : j'obtins le domestique de l'esquire Fogg. Par hasard, le deuxième était absent. Mais je voulus commencer par la troisième. Là, après avoir consulté le bijou perdu de celui qui faisait son passage dans les Variétés (numéro deux), je fis l'obscurité (mais, par la force des choses, pas tout à fait complète), avant de m'installer et de guetter patiemment.

92

Je n'eus qu'à emprunter ce qui était à proximité pour me rendre à destination. J'avais la sensation de partir trop tard ; et c'était vrai, réalisai-je avec accablement. L'essentiel ne serait-il pas déjà joué ? Dans mon trouble, une fois que je fus à l'intérieur, j'eus tant de mal à me repérer qu'il me fallut, pour passer hâtivement, déranger quelqu'un qui se leva de son siège avec un air mécontent. Tout en reprenant mon souffle, j'examinai le décor, qui était assez minimaliste : une mince ruelle, qui déroulait ses pavés jusqu'à une voie plus large, aux bandes métalliques fatidiques. Je regardai autour de moi : rien ne semblait devoir expliquer le faux pas sans lequel, généralement, il n'est pas de tragédie – et cela se vérifiait peut-être dans ce cas particulier ; néanmoins, à quelqu'un qui vivait en permanence la tête dans les étoiles, une intervention du monde extérieur est-elle vraiment indispensable ?... Sur un mur : une affiche dont le sujet m'était déjà connu, se terminant par un numéro que j'avais déjà. Les instants passèrent ; les allées et venues défilaient, sans obtenir mon attention. Celle dont j'avais attendu, follement sans doute, une indication précieuse, et peut-être la réponse, ne m'avait pas fait signe.

93

Je devais impérativement me trouver quelque chose à faire. Dans la rue qui portait le nom d'une bataille (donc, d'une localité italienne ; par conséquent aussi, d'une localité française), je disparus un moment. Quand je reparus, j'étais riche (ou pauvre, et même les deux à la fois) d'une pléthore d'articles choisis avant tout pour leur visibilité. Pour un peu, j'aurais demandé à Coriolano d'agir en galant homme jusqu'à ce que je sois de retour chez moi. Finalement, V, G et E s'étaient bruyamment retrouvés, l'esprit encore un peu en désordre. J'étais bien décidée à ce que, pour le reste du jour, lui et moi partagions la même pénitence : l'immobilité. Cela ne me procurait aucune satisfaction : lui, au moins, recevrait quelque chose en échange. Tu parles d'une douceur de vivre. David (pouvais-je l'appeler autrement que par son nom de famille ?) rentrerait demain ; nul doute qu'alors, il baisserait la garde. Je commençais cependant à me dire que ma sœur Anne était susceptible de devenir ma meilleure alliée, à condition de faire preuve d'assez d'audace et d'adresse. Une autre sœur (une vraie !) pourrait également me venir en aide. Et je devais absolument prévenir R. G. des risques que nous courions.

94

Une fois redécouverte la distante fille de roi, je repris le chemin de l'habitation qui n'était pas sans rapport avec un certain type de cucurbitacée ou de western. Ma bienfaitrice (que de découvertes grâce à elle !) reçut avec un stoïcisme qui cachait mal son émotion ce que j'avais à lui transmettre. J'assistai ensuite à quelque chose qui méritait peut-être le nom de recollation. Puis, lentement, Pénélope défit une à une les métaphoriques trames du tapis de haute lisse qui la reliait au sage Ulysse disparu. Je me rappelai que mon odyssée à moi avait commencé le jour que Joyce avait choisi pour le sien. Il me tardait de retrouver mon Argos. Les roues m'accompagnèrent jusqu'au seuil avec une sorte de grincement mélancolique. Ailleurs, au-delà d'un escalier raide, m'attendait l'histoire d'un confrère du presque homonyme de l'imbécile heureux des assurances Mondass : cet homonyme, qui portait le nom de la même créature céleste, et aussi celui de Jean-Pierre, était autrement brillant. Ce visiteur du soir me demandait de prouver aux yeux de la dame aux deux plateaux qu'on l'avait spolié de ce qui aurait dû lui revenir. C'était le jour de gloire de celui qui bénit chaque front et mûrit chaque miel.

95

Ni le signe distinctif de celui qui va en diagonale ni un cheval enfantin ne pouvaient rendre justice à ce que je voyais, dans une autre partie du salon. Le vieux Blanchet aurait pu rivaliser avec la célèbre collègue de Nini Patte-en-l'air et de La Goulue. Les combinaisons restantes auraient peut-être fait rêver un homonyme du poétique compagnon du Charpentier. J'ai failli convoquer la Malédiction Deux (un surnom qu'il méritait bien !) pour lui demander ce qui s'était passé. Il avait des comparses plus florissants, telle une très vieille compatriote des amants de Béroul. En outre, du socle au chapiteau, la colonne était un régal pour les yeux. Ailleurs, les initiales du maître des lieux étaient, d'une certaine façon, abondamment représentées. Un ancêtre tout noir paradait au mur, dans un cadre qui avait à la fois quelque chose de princier et de romain, mais aussi d'énergique : l'auteur de ce qui est à mi-chemin entre l'envolée de la cloche et le cambriolage du cafard, ici avec son quatrième.

96

Le premier à m'avoir rendu visite, après s'être rassasié, avait pris les chemins du bois sauvage. Tous les lieux ne se valaient probablement pas pour lui ; il devait préférer ceux qui pouvaient accueillir Sa Pondération. Clairement, celui qui tenait le haut de l'affiche apparaissait plus conforme à certains canons, de même que tous ceux qui faisaient foule autour de lui. Certaines désignations évoquaient la servitude, quoi qu'on en dise, et je les préférais en liberté. Autre redoublement : ce que je faisais s'appliquait aussi à ce à quoi je l'appliquais. Seulement, ce mot-là devenait beaucoup moins palpitant lorsqu'on y accolait le deuxième secteur. Et puis, j'avais le lieu, mais l'heure était approximative. Heureusement, ma vieille amie était venue tuer le temps en me racontant tout ce qui lui était arrivé depuis la dernière fois. Mon palace avait perdu toutes ses distinctions. J'espérais ne pas m'être fait débiter de mensonges par celle dont le prénom fleuri avait été associé à une ville iranienne par celui que j'avais longtemps pris pour l'auteur des vers martiaux au nom méditerranéen (un récit pour un poisson).

97

Nous allions vers le sud, par la rue… mais lequel ? avais-je toujours pensé. Un manchot aurait aussi bien pu faire l'affaire. Grandeur et décadence. Mon mari avait immortalisé la première ; j'avais religieusement consacré la seconde. Jusqu'à ce que la mort nous sépare. C'était décidément tout un art d'avancer au même rythme que quelqu'un d'autre. Je connais une femme qui marche assez bien, mais qui boite dès qu'on la regarde. Moi aussi, je me sentais l'objet d'un regard impuissant, tyrannique et jaloux ; cependant, je comptais bien, pour m'en sortir, avoir recours à d'autres remèdes que la plume et le poison. Encore me fallait-il trouver lesquels. Il y eut une apparition zigzagante : cette fois le V, ou peut-être le E, à en juger par l'air particulièrement torturé de l'un d'entre eux. De toutes les villes envisageables pour cette célébration, pourquoi avoir choisi celle de la Vierge et de la Non-Mariée-en-Chef ? J'espérais surtout qu'elle ne se retournerait pas. L'ombre de son ombre était toujours là, bien sûr. Un nouveau souvenir de Jacques – bien que mon vœu le plus cher m'eût portée précisément à l'opposé du titre.

98

Un grand classique, me concernant – et un grand classique incorrect. C'était la vérité pour mon père ; pas pour ma mère, qui se rattachait à ces deux pays dont la culture s'est illustrée sur l'inconsolable amant de la belle Astrée. Mon lieu de naissance ? Le même que pour un de mes poètes favoris. Mon nom de famille avait, pour moi, une autre signification. Ce n'était pas seulement un arrondissement spécial de la capitale dont on se précipitait de me faire arriver ; c'était la première moitié d'un nom de plume inspiré par une autre plume, états-unienne, celle du plus célèbre corbeau dans le ciel de la poésie ; et la seconde moitié d'un autre alias, en bande dessinée, et qui suivait le second prénom du père du plus britannique des détectives. De la littérature et des enquêteurs à tous les étages : comment ne pas y voir un heureux présage ? Un nom, c'est un moi (RDC) ? Je n'y répondais cependant pas toujours oui. Mais, quels qu'aient pu être mes tourments – et je n'ignorais pas que chacun en avait sa part –, j'avais toujours bien trop aimé les tours de la lumière pour désavouer entièrement ce monde.

99

Mon informateur était plus à la page que d'autres, et il avait consigné la trace de trois personnes dont j'aimerais sûrement faire la connaissance. Je savais même où les dénicher et comment les joindre. Je le remerciai ; mais il avait visiblement hâte que notre association prenne fin, trop heureux qu'il était de replonger dans son obscurité première. J'en savais néanmoins assez pour lui supposer un contentement caché d'avoir fait une bonne action. Je repartis en sens inverse, sous un ciel noir, méditant sur ce que j'avais appris, réfléchissant au meilleur moyen d'obtenir la dernière pièce du puzzle. Malgré les possibilités qu'on avait étalées devant moi, les intérêts en jeu commandaient de ne rien faire qui puisse donner l'éveil. Mes tentatives pour approcher le premier auquel on m'avait adressé restèrent de toute façon sans effet. Le deuxième, auquel j'avais laissé un message, me rappela alors que je passais devant l'endroit où s'était autrefois réuni un Conseil de guerre. Cette triste affaire allait peut-être connaître une fin rapide, davantage que celle, certes beaucoup plus grave, que les circonstances me remettaient en mémoire, et qui avait éclaté un an après l'apparition de ma pièce préférée.

100

La fringale une fois apaisée, il y eut une longue séance de shopping ; le marché couvert s'y prêtait. Au moins, je n'aurais pas lieu de me plaindre de la moindre traversée du désert. Le lion ne pourrait sans doute pas en dire autant ; il me parut, pendant un long moment, avoir disparu dans la foule : un signe qui aurait pu recevoir plusieurs interprétations concurrentes. C'est pourquoi, tout en prenant le parti de ne pas cesser mon activité principale, je redoublai de vigilance jusqu'à ce qu'il réapparût, mais ne décelai rien d'anormal. Ensuite, il n'y avait plus qu'à repartir. Je sus par avance où on se dirigeait : on l'avait fait déjà tant de fois ! Par bonheur, je réussis à m'isoler presque totalement dans ce qui me servit de loge pour le cérémonial habituel, tout en me permettant de garder un œil sur ce qui m'intéressait. J'en ressortis avec moins d'éclat qu'avant. C'était nécessaire dans mon cas, plus que pour d'autres ; car j'étais au nombre de celles dont le Barde fait l'héritière de la beauté par succession : ce qui pouvait me rendre un peu plus remarquable, pour la raison de ma présence ici et ses semblables.

101

Il me fallut du temps. Quand je me présentai enfin chez la personne que je cherchais (jour de l'abdication d'une Isabelle locale), elle parut heureuse de faire ce qui était deux fois faux chez Pierre Carlet. Un quiproquo lui avait fait croire qu'on avait découvert l'homophone d'un montant vertical dont la garance avait été éclaircie. Et elle, disait-elle, après un ou deux jours de réflexion, était venue le voir dans sa ville, l'avait abordé, lui avait demandé de ne pas dévoiler sa présence, insolite ; car alors, on comprendrait son rôle, et il y aurait des répercussions, notamment financières. En face d'elle – alors, et ce jour-là –, on ne voyait pas de quoi il s'agissait. Je saisis du moins qu'elle avait pensé qu'elle avait fait comme le major Palgrave. Elle voulut rattraper son erreur, expliqua-t-elle, et ce fut lui qu'elle attrapa, simplement comme un réflexe. Il n'y eut qu'un brusque desserrement, avant un regard jaune. Et je songeai, irrationnellement : pourquoi celle qui était devant moi n'avait-elle pas eu, comme son illustre homonyme, le pouvoir de transformer sa proie – qui avait, en vérité, une occupation qui la rapprochait de cette dernière – de sorte qu'elle ait, enfin, la tête dans les étoiles ?

102

J'avais quitté la boîte de conserve. On m'avait bien recommandé d'arriver par en bas. Bientôt je me trouvai dans un vaste espace, au nom très justement mégalomaniaque, et même impérial. La vision au-dessus de ma tête était assez majestueuse : c'était le ciel lui-même, en quatre morceaux (eux-mêmes subdivisés, soit). Je sortis la carte qu'on m'avait attribuée. La photo était outrageusement flatteuse pour moi : elle était plus jeune – comme toutes ses semblables, hélas, n'en déplaise au prince charmant de Sibyl –, et puis ce jour-là, la rousse que j'étais en apparence fixait l'objectif avec un mélange de fierté et de détermination que j'étais bien loin de ressentir aujourd'hui, comme vous pouvez aisément le comprendre. (Pour les initiales : le nombre de lettres d'Obélix, en latin.) Je m'apprêtais bel et bien à m'enfoncer dans ce devant quoi mourait la lune, si on tordait un peu le bras à la logique de Frank Harding. La lumière déclinait quand je franchis un premier contrôle en souriant au préposé, que je ne connaissais ni d'Ève ni d'Adam. Ces jours-ci, le beau blond cessait de luire vers 20 h 30. J'entrai, pour commencer, chez le père des deux mamelles de la France.

103

Entraînés par notre guide, le valet de pique et moi nous éloignions de mon point de départ, et je m'en félicitai. Il me fallait néanmoins un plan B, songeai-je en abordant la rue de l'Université, où il n'y en avait pas plus que sur ma main. Dans l'immédiat, ce qui m'importait était de ne pas me faire repérer. Il tira de sa poche son animal de compagnie électronique et, après quelques manipulations, se mit à lui parler. Quelques bribes parvinrent jusqu'à moi : « Alexandre », ou un mot qui lui ressemblait, plusieurs fois ; puis, après quelques secondes, quelque chose comme : « Alma filet large an SSR. » Nous croisâmes une colonne de touristes, qui s'extasiaient, dans une langue autrefois mal venue par ici, sur l'excitation qu'ils avaient à visiter La Vieille. J'avais travaillé pour leur meneur, donc je lui rendis son salut : ne pas le faire aurait paru étrange. Nous arrivâmes dans la rue la plus longue de tout le quartier, dont le nom célébrait une région. Par malheur, à cette heure matinale, il ne s'y trouvait quasiment personne : j'aurais dû m'y attendre. Ma ruse risquait fort de se retourner contre moi.

104

Voyant une porte ouverte, je la franchis, par prudence. Là, je réfléchis un instant : l'endroit où je devais me rendre serait-il gardé, ou non ? Je devais admettre que ça dépendait de moi. En tout cas, tout allait bien jusqu'à présent, et il restait un peu plus de trente minutes avant l'heure la plus importante de la journée. Il y eut un petit bruit, comme un frou-frou ; comme j'étais vraiment aux aguets, je sursautai : fausse alerte, heureusement. Il était très mignon, avec un drôle de frétillement, mais je n'avais pas le temps pour ça. Je fis un examen rapide des lieux. Mes yeux tombèrent sur une liste. Il aurait fallu des spécialistes pour la déchiffrer, mais une ligne m'arrêta : « graines Bento ». Cela me mit en colère. Moi, je n'avais jamais ni aimé ni utilisé Bento. C'était Bayard qui était important, et certainement pas Ulysse. On trouvait aussi, sous l'inscription *poczta*, un message plus facile à lire, apparemment banal, avec un énigmatique : « Dziadek a découvert l'orteil de fer ! C. » J'aperçus la vieille dame par la fenêtre. Aucun mouvement en vue. Parfait !

105

La lumière exposait une nature rare et échevelée. J'avançais avec précaution, redoutant de me heurter à quelque chose de dangereux (de tels lieux changent rapidement de physionomie), jusqu'à ce que je parvienne à ce qui n'était ni la mienne ni de l'Amérique du Nord du nord, et que j'avais repéré plus tôt. Des oisillons de passage en étaient sans doute responsables. Les témoins étaient peu nombreux, même si l'on comptait Mars et Vénus, fermement accrochés au-dessus de ma tête. J'avais un nom qui se reliait aux Pléiades : identifier les planètes était affaire de famille. L'attente menaçait d'être longue, au point que j'envisageais de faire venir Nazik, alors que je ne lui avais plus parlé depuis des lustres. Pourvu surtout que celui que je guettais ne tarde pas – et ne me fasse pas faux bond ! J'attendais une occasion comme celle-là depuis si longtemps ! Naturellement, la discrétion était de rigueur ; je devais tout faire pour déjouer la surveillance de D., ainsi que de son comparse qui se mêlait de ce qui ne le regardait pas. Si, du moins, ma suspicion était fondée.

106

C'était ce que l'on obtenait une fois le laitier chassé de la loupe ; mais nourri au futur diamant, et renforcé. Autant de points d'ancrage que de coups d'horloge : même le prince Sernine s'y serait brisé les dents. D'ailleurs, à ce moment, on entendait que c'était le tour de l'enfant. Un disciple de Mathurin Jousse n'y aurait pas suffi, car la série, qui était périodiquement renouvelée, était également demandée en ligne, par exemple. (Un million de possibles, six éléments requis). Les aspirants au recueillement avaient procédé à l'inventaire. Ils pariaient sur la perspicacité d'un regard étranger pour réussir là où ils avaient échoué. J'en venais à me demander s'ils ne m'avaient pas choisie à cause de mes nom et prénom, qui satisfaisaient visiblement (si je puis dire) à ces deux conditions. Je me détournai. Sur le bureau, outre l'éclairage indispensable : un proxénète endormi, qui exigea bien sûr, à son réveil, une rançon inconnue ; un soiffard à l'ancienne ; mais aussi une petite fille mise dans un cadre doré, baptisée, à ce qu'on m'expliqua, comme une aventurière de jeux vidéo.

107

Vingt minutes s'étaient écoulées. J'avais eu ce que je voulais, mais je devais me montrer patiente. Pendant un moment elle se tint seule à la même place, jetant un coup d'œil à son téléphone puis aux alentours. A. E. était encore assez loin, plusieurs mètres derrière elle. Il avait profité de l'occasion pour mettre quelque chose de plus seyant. Je ne pensais pas que je l'aurais distingué dans la masse, n'eût été la recommandation spéciale que j'avais eue à son sujet. En tout cas, la conjoncture était favorable pour les observer l'un et l'autre. Décidément, je trouvai qu'il avait l'air aimable. Il m'apparut aussi très jeune – il l'était plus qu'elle –, et pendant un instant je me demandai si le manque d'expérience n'avait pas un rôle à jouer. Il l'observait, profitant de l'absence de réciprocité ; mais au moment où j'avais l'impression qu'il irait à elle, il se détourna et déambula dans les environs, du côté de la vitrine qui exposait des autobus chocolat (sans doute avec aimants), non sans – j'en avais la certitude – l'observer avec attention. Il disparut de mon champ de vision, mais il n'y avait pas la moindre possibilité pour une communication entre eux, d'autant qu'elle s'était absorbée dans la lecture d'un dépliant. La serveuse revint la trouver, manifestement sans le remarquer.

108

Une fois seule, j'en profitai pour méditer. C'était rare, dans notre métier, d'avoir l'occasion d'enquêter sur l'un ou l'autre de nos collègues. J'allais avoir accès à toutes ses productions – indiscrétion à double détente. C'était toutefois pour la bonne cause. J'allais, dans un premier temps, prendre au sérieux cette hypothèse : l'histoire d'un héros de Le Clézio que le ciel étoilé (ah !) avait empêché de considérer ce qu'un autre que lui aurait mis à haut prix. La personne qui m'avait missionnée s'était également résolue à envisager que je mette la main sur des informations qui viendraient ternir l'image qu'elle se faisait de l'objet de ses tourments. Tout lui était préférable à cette incertitude. De toute façon, je ne pouvais pas écarter l'existence d'une investigation qui avait précédé la mienne : certes, il m'était arrivé, dans cette ville, de côtoyer des enquêteurs incompétents – et parfois, avec un très grand C – ; mais je me disais que si rien n'avait été découvert sur Byrne, del Toro et les autres, c'est qu'il n'y avait rien à en découvrir, et qu'il fallait donc aller dans une autre direction. Après avoir pris quelques renseignements, je sortis.

109

Avant d'entreprendre la suite de mes investigations, je fis l'acquisition de ce qu'étaient les épouses d'Agamemnon et de Ménélas, quelque chose me disant que j'en aurais sûrement besoin. Puis, quand je fus revenu à mon point de départ, parmi les trois options qui s'offrirent à moi, l'une était inutile, mes prétendus collègues m'ayant confirmé, après vérification, qu'au niveau exigé, un obstacle – sous l'espèce de ce qui se mit entre Pyrame et Thisbé, ou du pâle et rimbaldien révélateur d'une demoiselle – rendait impossible de surprendre le double tiercé gagnant. Le seul choix possible était désormais entre celui au masque étroit et celui dont je n'avais justement pas encore fait le tour. Je choisis celui-ci. Ce serait ma première visite. Là, il était manifeste que le NARDAC approximatif compliquait quelque peu les choses ; et, lorsqu'on triomphait de l'obstacle, alors on n'avait plus droit qu'au profil de la divinité désirée : ce qui ne pouvait pas faire l'affaire d'un aspirant voleur de feu qui n'était pas un poète.

110

Pour être honnête, j'avais commencé à entendre la musique avant de manipuler un bouton. Tant pis, je n'allais pas recommencer. C'était du jazz, parfait pour l'occasion. Peut-être le seul que je connaissais. Malgré le nom et la couleur, ce n'était pas une femelle. C'était même une histoire de diamant, à ce qu'on m'avait raconté. Mais j'avais un objectif, et il était primordial que je ne le perde pas de vue. Il fallait absolument que je découvre ce que tramait notre cible. Bastien Minsky. J'ouvris et refermai la boîte d'un geste expert, même si elle ne contenait pas ce que son nom annonçait. Je me calai dans mon siège avec satisfaction. J'avais laissé mon chapeau sur la plage. Je le récupérerais au bon moment. Par la vitre : rien que le ciel bleu, et pourtant j'avais dû enjamber ce qui ressemblait à une grosse tache de peinture bleu clair avant de monter jusqu'ici. On aurait pu se croire en vacances. Je fixais du regard le cadran inactif devant moi, lorsqu'on frappa deux coups suivant mes instructions.

111

C'est leur dernière chance, songeai-je, la respiration haletante, et ils ont intérêt à la saisir. Je ne m'attardai pas devant les fruits morbidement étalés, non plus que devant les visions que je jugeai d'un assez piètre intérêt touristique. Moi, c'est dans le Sud que je ferais plus volontiers mes classes. (On était sorti d'hiver il y avait peu de temps.) Des noms connus m'attendaient – des noms, mais non pas des visages. J'abattis encore mon joker, et plusieurs curieux me regardèrent, trouvant peut-être que je n'avais pas la tête de l'emploi. C'était précisément le problème. Je pénétrai dans les locaux avec précaution : rien, ni personne. Les lieux avaient été nettoyés, ce qui masquait toute trace de leur usage antérieur. Je me demandai vaguement ce que le commissaire dévoilerait au public. Je m'étais trompé : une arrière-petite-fille de l'Héliographe en Chef me fixait narquoisement. Je lui rendis son compliment, et sortis sans hâte, de l'autre côté. Marie m'y attendait religieusement. Elle avait raison d'imiter de temps en temps Thémis (question d'éviter le scepticisme, comme l'a fait dire Michel). Elle était en excellente compagnie : une parfaite introduction pour l'illustre personne dont j'allais visiter le bâtiment.

112

Errare humanum est. C'était même arrivé à ma mère, une personne fière et indépendante, qui nous avait souvent montré l'exemple. Eh bien, à un moment crucial, elle avait confondu deux femmes, une tante et sa nièce. La confusion s'expliquait aisément ; car la seconde, celle dont il était question, était la fiancée malheureuse d'un deuxième poète. Or, de façon tout à fait inattendue, il s'avéra que la première, celle qu'elle avait cru honorer, était l'aïeule d'un troisième poète : donc elle n'était pas tombée si loin du but. Depuis cette rue très longue et déserte, l'une des rosaces était en vue, lorsqu'un terrible soupçon me vint (la paranoïa fondée en raison devenait contagieuse) : avais-je quelque chose à redouter du côté de mon téléphone – hélas, trop tard peut-être ! –, de mon ordinateur ? La suite des événements me l'apprendrait. L'important, dans l'immédiat, était de donner le change à Ogier. Soudain, Virgile s'effaça derrière une porte rouge. Pour le coup, j'étais vraiment Jane French ; ce qui était plutôt ironique, au vu de l'endroit où je me trouvais. Mais mon plus gros problème était derrière moi.

113

Et les détails s'accumulaient, jusqu'à l'invraisemblable. Autour de l'héroïne, les rebondissements se succédaient à toute vitesse, au point qu'il devenait difficile de garder le rythme. Assez souvent, le *non sequitur* était la règle. Une chose rendait néanmoins cet enchaînement poignant : j'avais commencé par la fin. Il y avait eu un épisode assez suspicieux, dans l'appartement de quelqu'un de soixante-neuf ans qui était mort récemment. Et, brusquement, l'une des tortues Ninja – c'est du moins ce que son prénom me laissait imaginer, faute d'une quelconque description – prononçait quelques mots évoquant un trafic pareil à celui qui avait valu son incarcération à Kostrowitsky l'aîné. Juste après, il fallait surprendre les secrets d'un homme qui vivait retiré avec son épouse. Puis, quand on tournait une page, presque sans transition, on se trouvait place de Thalie (rien à voir avec Bordeaux), dans un lieu qui lui était justement dédié ; seulement, sa sœur la moins gaie s'était inopinément mêlée de la partie et… J'allais avoir besoin de patience et de persévérance si je voulais parvenir à un dénouement satisfaisant… si tant est que ce fût possible.

AVIS À TOUS LES ENQUÊTEURS !

Êtes-vous sur la bonne piste ? Ou du moins, avez-vous un début de piste… ? Rejoignez la communauté des lecteurs de *l'Intrigue du Caméléon de la rue Royale* et partagez vos indices pour établir vos hypothèses.

Du 14 mai 2025 au 14 mai 2026 inclus (sous réserve de modifications dans le règlement du jeu), les trois premiers enquêteurs à retrouver l'ordre des 113 pages pourront tenter de gagner l'une des récompenses en jeu !

Pour cela, scannez ce QR Code.

NOTES